归田琐记

[清] 梁章钜 撰 阳羡生 校点

目　　录

归田琐记序

　　仕宦而心泉石者，其曼倩之所谓大隐乎？餐石髓，撷芝蕤，蓬藟而行，鞿掌与使，涸迹于春庑，附名于枕流，情则邈矣，非干济之才；垂缨纵，拖青紫，振藻云路，剖符要津，已髟髟其莫龄，犹恋恋于华朊，伐则洪矣，非恬退之操。夫唯身居魏阙之上，心依衡宇之下，如吾中丞师者，斯真能两全之者欤？公以十五世之华胄，策四十载之茂勋，方其珥笔木天，通籍金马，启曲江之宴，被宫锦之荣，同列者争躐青云，竞击丹毂，而公甫缀鹓鹭，即思桑梓。榕城有栖隐之志，海坞多传经之彦。枕葄六艺，悠游十春，甘使邓禹之笑人，不学颜孙之干禄，书以是服公志之澄。既而任郡守，历藩牧，莅官句吴，驻节章贡，练湖浚而三江稔，金带解而二酺平，九迁可期，万石奚让。而公让官之表，雅慕叔子为霖之愿，无愧安石《骊驹》三唱，除书在门，鸑鷟一鸣，大吕听律，难进易退，古人是期，书以是服公才之大。既而天子南顾桂管，思得荩臣，畀之封圻，颁以节钺。于是五稔象郡，半载胥台，勋宣道济之沙，绩著伏波之米，练士于瓴甀，战衡于馀艎，朝知李晟为大臣，人呼杜诗以慈母。而公乃扁舟载石，峻峡投香，一篇留誓墓之文，三径种延龄之菊，书以是服公之勇于任事而恬于居官。今者林泉怡性，著述等身，爰于暇时撰《归田琐记》八卷，邮以见示。大约仿唐人之《闽书》，沿宋稗之旧例，穿穴百氏，剽窃一家，阐扬忠贞，胪述耆旧。小亦足以正泫长之说，补华陀之书，洵可纲维世风，利泽群汇已。公之经济，具见一斑，垂诸艺林，嘉惠来学。书为韩、范之部吏，随籍、湜之后尘。公诿以校绌，付之剞劂。所愿名山日富，春风正长，他时撰杖座间，亲接绪论。则是编也，为容斋之初笔，浣花之纪年也欤？道光二十五年冬十二月受业仁和许惇书谨撰。

跋

四十强仕,七十致仕,经有明训,无所谓归田也。然古者出则从政,归即明农,故归田之赋肇于平子,归田之句著于少陵。降至宋人,以坡公之名通,犹作有田不归之誓,而欧公竟藉以名其书,自是始以归田为士大夫之美谈。仕宦中人,且以为难能而可贵焉。吾师茞林梁公,少无宦情,通籍后复家居十年始出,苏藩苏抚任内又两次以疾引归,可谓难进易退者矣。然惇书窃读公所撰著,一则曰“归田谁信本无田”,再则曰“归田何事不真归,但惜无田抑又非”,乃知年来高居南浦,不但无田可归,直至有家而不能归,反覆屡形于吟咏中,每令人不忍卒读。然吾师天怀淡定,安土能敦。惇书于岭西侍公最久,窃见公仕学兼优,并无偏废,如《楹联丛话》、《三管诗话》、《铜鼓联吟》诸刻,皆成于簿书丛杂之余。即至梧江防堵,戎马倥偬,羽檄交驰,中夜数起,而尚能抽暇创成《三国志旁证》一书。其忙中整暇如此。况今日之优游田里,闭户著书。俗缘不干,真想自适者乎。此吾师《归田琐记》所由作也。今秋惇书读《礼》山中,忽承吾师以脱稿寄示,自言此书仿欧公《归田录》而成。惇书伏读之余,窃谓欧书自序成于治平四年,其时实尚未归田。欧书不过两卷,吾师书虽亦一百一十余条,而益以日记诗数十章,计分八卷,较欧书多至数倍。欧书多录朝廷遗事,士大夫笑谈,吾师书亦同其意,而考订详明,包孕繁富。中间如议马头、议江口、议大钱、戒停葬、戒厚殓、戒锢婢诸条,尤为济时之要务,警俗之苦衷,可坐而言,可起前行,则视欧书之用心,尤有维系,急宜寿诸枣梨,公之同好,以无负吾师一番载笔之勤。因殚旬余日校勘之劳,付之手民,刊而序之。工既告葳,复述作者之本意,书于册后,俾读是编者,知吾师出处之大节,经世之要务,咸备于此,庶无负吾师寄示之殷怀云尔。又闻吾师近方撰《师友集》若干卷,举数十年感恩知己之迹,悉以韵语铺之,而复略叙其生平梗概,附见其投赠诗文。惇书贱名亦幸厕其后。行将脱稿成书,愿吾师仍以清本寄示,俾得先读为快。或再与校雠之役,以忝附大雅之林,是尤私衷所忭祷也夫。惇书谨跋。

卷一

归　田

归田之入诗,莫著于苏文忠公;归田之名书,莫著于欧阳文忠公。昔欧公之《归田录》,作于致仕居颍之时,皆纪朝廷旧事及士大夫谐谑之言。自序谓以李肇《国史补》为法,而《国史补》自序谓言报应,叙鬼神,征梦卜,近帷薄,则去之;纪事实,探物理,辨疑惑,示劝戒,采风俗,助谈笑,则书之。盖二书体例相出入。说者又谓李书为续刘𫗴小说而作。大抵古人著述,各有所本,虽小说家亦然。要足资考据,备劝惩,砭俗情,助谈剧,故虽历千百年而莫之或废也。余于道光壬辰引疾解组,虽归田而实无田。越四年,奉命复出;又七年复以疾引退。则并不但无田可归,竟至有家而不能归。回首双塔三山,如同天上,因侨居浦城,养疴无事,就近所闻见,铺叙成书,质实言之,亦窃名为《归田琐记》云尔。时道光二十五年元旦,书于浦城北东园之池上草堂。

归　舟

道光辛丑秋七月,由粤西量移苏抚,受篆甫十日,即赴上海防堵,兼摄督篆。未几,奉命回苏州办理粮台。时扬威将军驻兵苏州,征发调遣,事极繁重。余昼理简书,夜出巡城厢内外,甫匝月而旧患眩晕之疾复作。十月廿八日,接见僚属之顷,忽扑地,几不起。即于十一月初二日,专折奏明,乞假调理,一面将抚篆送与程晴峰方伯接护。逾月,复奏请开缺调理,遂于此年正月中旬奉到谕旨,准其开缺调理,于正月下旬移居沧浪亭行馆。二月初旬,买舟挈家旋里。甫登舟之夜半,忽闻浙东嗫夷猖獗,扬威将军由绍兴奔回杭州钱塘江一带戒严。土寇乘机劫夺,行旅断绝,急报再至。遂与逢儿、恭儿商定,天未明即回舟北上,以避其氛。二月十七日,渡扬子江,抵邗上,沿途官吏,毫无见闻。舟泊钞关半日,而杨竹圃方伯_簧、谢茮石观察_{学崇}飞舆来接,晤谈至上烛而去。杨系亲家,谢系同年,所谓亲者无失其为亲,故者无失其为故也。盖至此始愈信宦场之无味矣。

七 十 致 仕

古人四十强仕,七十致仕,统计人生居官之日,前后不过三十年。盖一人之聪明才力,用至三十年之久,已无不竭之势。倘此三十年中无所表见施为,则此后更有何所望。若今人未及四十,早入仕途,则致仕之期即不必以七十为限。昔人所讥,突而弁兮,已厕银黄之列,死期将至,尚留金紫之班,而必至日暮途远,夜行不休,前瞻后顾,无所栖泊,不亦太可怜乎! 故余两次引归,皆未及悬车之岁。昔《通鉴目录》引韦世康之言曰:"禄岂须多,防满则退;年不待老,有疾便辞。"忆余前居福州时,尝取此十六字镌一小印,程梓庭督部_{祖洛}甚喜之。今则距悬车之期,只有二年,而尚有议余不应遽退者,殆亦未就古人行藏之大义,及仕止之恒规而一按之也。

容 园

初到扬州,居旅店中,湫隘嚣尘,不可言状。州县官以六块铺垫、两合纱灯了之而已。既思故友张建亭观察家极宽敞,虽甫遭八人之厄,而余宅尚多,姑令逢儿往探之。则观察之子松厓郡丞适来,甚有乐为居停之意,因挈家移住其中。宅中亭馆一空,主人眷属移居前院正屋,而临池二十余间尚在,因与主人分前后院而居。适仪征阮云台师相先来视余,徘徊瞻眺间语余曰:"此名容园,为吾扬州园亭第一所,此池宽广,亦合郡所无。本江畹香中丞之旧宅。余初以少贱,不得其门而入;及为张观察所得,又以素无谋面之雅,裹足不前。今闻足下寓此,乐得藉开眼福。虽残毁之后,尚可旷观,且颓垣碎砾之间,尚有数十本牡丹盛开，足供诗料矣。"时余尚未抠谒师宅，因问吾师府中之园如何，师笑曰："我本无买园之力，即有资，亦断不买园。扬州仕宦人家无不有园者，郡人即以其姓名之，如张姓，则呼为张园，李姓，则呼为李园，若我有园，则亦必被呼为阮园，是诚不可以已乎！"因一笑而去。

文　选　楼

扬州有文选楼、文选巷之名，见于王象之《舆地纪胜》及罗愿《鄂州集》，乃隋曹宪以《文选》学开之，唐李善等以注《选》继之，非梁昭明太子读书处也。仪征师宅即文选巷旧址。嘉庆十年，始于阮氏家庙之西建隋文选楼，楼上祀隋秘书监曹宪，以唐沛王府参军公孙罗、左拾遗魏模、模子度支郎景倩、崇贤馆直学士李善、善子北海太守邕、句容处士许淹配之，吾师撰铭，所谓"建隋选楼，用别于梁者"是也。余素仰楼名，初谒师宅，即拟登楼以慰夙愿，而不知楼实在家庙之西，与吾师宅尚隔一弄也。一日，师折柬召余饮，且傅谕曰："席设文选楼。"余为之狂喜。吾师所藏钟鼎古器，悉庋于此。是日，即饮于楼下，纵观之，时无杂客。而钱梅溪适至，因同入座。师甚喜，曰："似此三老一堂，而所摩挲，皆三代法物，人间此会，能有几回？不可无以纪之也。"时梅溪八十四，吾师七十九岁，余年最少，而独居首坐，甚以为愧。乃逾日，而朱兰坡至，即留余寓园中。又数日，而王子卿亦至。子卿亦八十四岁，兰坡七十五岁。吾师方欲团为五老会，而嘆船警报日迫，吾师已往南万柳堂，梅溪、兰坡均各回苏。余不得已，亦挈眷匆匆渡江南返。回忆文选楼之会，竟可一而不可再，吾师若预知其几者，不禁黯然也。

芍　药

扬州黄右原比部家芍药最盛，尝招余陪阮仪征师赏之。吾师以脚疾不便于行，端坐亭中遥望之，余与右原则遍履花畦，真如入众香国矣。园丁导余观新绽之金带围,盖千万朵中一朵而已。余自诧眼福,并语右原曰:"吾师与余皆已退居林下,此花之祥,实惟园主人专之矣。"故余诗结语云:"难得主人初日学,定教金带擅奇祥。"师和余韵云:"谢公应为苍生起,花主人应亦兆祥。"盖为周旋宾主起见。而朱兰坡和诗云:"试看黄黄金带色,君家姓氏本符祥。"钱梅溪和诗云:"料得主人应似客,故教金带早呈祥。"则亦专归美于园主人也。吾师望余复起颇切,故余叠韵诗云:"生怕山前泉水浊,随缘止止即延祥。"实答吾师诗意。

南 万 柳 堂

邵伯湖之北数十里,有仪征师别墅,在水中央,四围种柳数万株,每岁长夏,必于此避暑,自题为"南万柳堂",以别于京师之万柳堂也,绘图作诗者屡矣。近复得清湘子画片,作为南万柳堂第四图,以新卷命余首题。余谨次自题韵成七律二首,吾师甚称赏之,为附刻于《揅经室续诗》中。诗云:"天然一幅水村图,眼福欣当寄庑初。问字忽逢苦瓜画,清湘子亦自号苦瓜和尚。临流便想坐茅渔。北来戢戢投林鸟,时避海氛者多卜宅邗上。东望茫茫纵壑鱼。安得牵船随杖屦,太平乡里补三余。太平乡为柳堂八景之一。""若个将身入画图,每逢佳处警吾愚。白鸥敢作谁驯想,黄鸟真知所止隅。黄鸟隅亦柳堂八景之一。南北平分万杨柳,主宾晤对几桑榆。鉴湖底似珠湖好,卅六陂前卅二湖。"朱兰坡谓余曰:"我适晤阁老,极折服此诗,谓次韵之作能如无缝天衣,自非老手莫办,并命我亦效颦。我谓此诗选辞沉着,托兴遥深,已如崔颢题诗在上头,继声者必难见好,不如善刀而藏也。阁老亦以为知言。"

兜 兜 巷

在扬州日,间与钱梅溪谈邗江故事,梅溪曰:"余近寓居之西,俗呼兜兜巷。此名颇雅,不知始于何年,可入诗否?"余记得《柳南随笔》中有此事,一时不能口述,归而检书始得之。王渔洋为扬州司李时,见酒肆招牌大书"者者馆"三字，遣役唤主肆者，询其命名之意。主肆者曰："义取近者悦，远者来之意。"渔洋笑而遣之。又扬州有兜兜巷，巷甚隘，而路径甚多，居此巷者，妇人多以做肚兜为业，而门面又相似，故行人多歧误焉。有作《寄江南》词者二十首，中一首云："扬州好，年少记春游。醉客幽居名者者，妇人小巷入兜兜，曾是十年留。"次日以此语仪征师，师为之解颐曰："我数十年老扬州，今日始闻所未闻也。"

堵　江　口

余侨寓邗江，无所事事，然日闻海上警报，怒然忧之，当官者惟但云湖都转明伦时从余讲求此事。余曰："夷情如此猖獗，难保其不犯长江，则瓜洲一带口门不可不预为之计。"都转问计将安出，余曰："扬州本富盛之区，尚可有为，足下所筹度支，亦尽可挹注，此地若无以御之，则他处更将束手矣。今大江两岸口里，满号之漕艘不下千百只，似可预先调齐，横塞江口，以铁索联为巨栅，每船中预伏数兵，安设枪炮、火器，从头舱中穴孔以待之。再招集捆盐人夫一二千名，各予器械船只，使之并力堵御。重赏之下，必有勇夫，以废艘为前茅，以捆徒为后劲，四十里外有此两层扼隘，嗟夷虽猛，恐亦不能飞来矣。"都转闻之，极为动念。正在筹画间，而焦山口早望见夷帆，夷兵倏陷镇江，即回指金陵。不数日，和议已成，此事遂止。余尝为都转题雪舟筹海画卷，第四首之末云："时君已晋秩，雄总度支府。军储堪挹注，煮海本利溥。通才得藉手，长袖乃善舞。上纾宵旰勤，下壮风声树。废艘栅可资，捆徒勇足贾。仍愿备不虞，刍荛幸俯取。"阮云台师谓此崇论宏议，不当仅以诗论也。

谥　法

在扬州日，偶与杨竹圃方伯、林岵瞻比部扬祖谈及吾闽省运之衰，因历考国朝吾闽百余年来，文臣得谥者仅五人：一为南安洪文襄公，一为安溪李文贞公，一为漳浦蔡文勤公，及其从子文恭公，一为侯官陈忠毅公丹赤。盖自嘉庆六年蔡文恭公之后，无一人再膺斯典者。若武臣则指不胜屈矣。有一家而得谥者，如平和海澄公黄忠恪王梧、及子忠勇公芳度、从子忠襄公芳世、襄愍公芳泰、孙温简公应缵，异数殊荣，实古今所希有。此外如晋江靖海侯施襄壮公琅、及子提督勇果公世骠、提督蓝襄毅公廷珍、及族子襄毅公元枚、总兵朱忠壮公天贵，而同安提督黄恪慎公有才、林温僖公君陞、胡勤悫公贵、李忠毅公长庚、邱刚勇公良功、总兵胡武壮公振声，数十年中，同县凡六人得谥，亦盛事也。

按记此后数日，接阅邸抄，恭悉松江提督陈化成，蒙赐谥忠愍，亦同安人。辛丑秋，曾与余在吴淞共事三阅月。

宋　研

吾闽宋研最多，余斋中即有数方，所见于友人斋头者，亦不一而足。《韵石斋笔谈》云：建炎己酉，宋高宗避兵航海，凡上方所储贡研，载以自随。斯时风鹤传警，阳侯震荡，随行舳舻往往飘没，研之沦于波臣者，不知凡几。厥后渔人蜑户偶或得之，流传闽、广，奚啻天吴紫凤。嘉靖间，福建许姓者，常估于苏，过文征仲玉兰堂，见案上一研，文颇珍重，许曰："此研闽、广是处有之。"文笑曰："此宋贡砚也，乃端溪旧坑，岂易得哉？"许知其说，逾岁，即携宋贡研二十方过姑苏，文见大骇，易其四，士人争购之，颇得高价。后许携三十方客于金陵，士大夫竞买之。询其所自，皆由古寺中得之，或见于乡村训塾。盖宋室将衰，迁于南海，故闽、粤是处有之，不但高宗所携而已。近于扬州购得吾乡郑渔仲先生研，底镌"夹漈草堂"四字，左边有纪文达师铭云："惟其书之传，乃传其研。郁陶乎余心，匪物之玩。"右边有邵闇谷齐然铭云："晓岚受诏续《通志》，漫士先生以夹漈旧研赠之，闇谷居士为之铭曰：'墨绣斑斑阅人几，觚棱刓缺字不毁。夹漈有灵式凭此，六百年后待吾子。'时乾隆丁亥正月。"按此裘文达公所遗吾师纪文达公物。余童时似在里中见之，未知即此研否，又不知何缘转入江南也。

天下太平四字

闻阮云台师在相位时,每于岁除前用松江花绢方笺篆书"天下太平",字如秦汉瓦当体,分贻知好。潘芝轩阁老以四字所出问翰林诸公,皆不能对。师曰:"此五经中句耳。"阁老乃分属军机章京数人,各检一经,始知出《仲尼燕居篇》,云:"言而履之,礼也;行而乐之,乐也。君子力此二者,夫是以天下太平也。"按四字见经仅此。其见于周秦间书者,《邓析予·转辞篇》:"圣人寂然无鞭扑之形,莫然无叱咤之声,而家给人足,天下太平。"《吕氏春秋·仲夏纪》:"天下太平,万物安宁。"《韩非子·忠孝篇》:"天下太平之士,不可以赏劝也;天下太平之民,不可以刑禁也。"其见于汉人笺注者,《诗·维天之命》序:"太平告文王也。"郑君云:"今天下太平矣,故承其意而告之。"《公羊传》:"麟有王者则至。"何休云:"上有圣帝明王,天下太平,然后乃至。"其见于史部者,《史记·夏本纪》:"禹告成功于天下,天下于是太平治。"其见于杂子书者,《白虎通》:"天下太平,符瑞来至。"又《艺文类聚》引孙氏《瑞应图》:"一角兽者,天下太平则至。"又引《中兴征祥说》:"天下太平,则驺虞见。"此外专用"太平"二字者,则悉数难终矣。余以壬寅春引疾解组,以海氛方恶,避居扬州。适吾师亦书此四字见赐。记予以"心太平斋"属伊墨卿书额,翁覃溪师见而讶之,谓予曰:"昔陆放翁以'心太平'自额所居,人皆谓取《黄庭经》语,然古本《黄庭经》是'闲暇无事修太平'陆改'修'为'心',盖当南渡之余,日切中原之望。吾子何取乎尔?"回忆此语,已隔三十年。今云台师之书此也,年已七十有九,而余亦六十有八,若曰窃愿我师弟以余年长享太平之福而已。因装为横幅,而纪其前后情事如右,俾观者有所考焉。

丙 午 丁 未

嗅夷滋事之初,民间谣言纷起,有"寅虎之年定干戈"语,果于壬寅夏杪撤兵。余寓扬州时,和议尚未成,警报踵至,有术士昌言扬城只有虚惊，必无大变，然不免破财。余亲聆其说，惟微言甲辰年有厄，咎征尤在北方。然甲辰年自京师洎各直省并无事端，惟春初东河大工垂成复决耳。又言丙午、丁未两年兵象尤著，众以为时尚远，姑妄听之而已。按阳九、百六、元二之说，自汉以来即有之，而丙午、丁未为国家厄会，则其说实倡自宋人。宋淳祐中，柴望撰《丙丁龟鉴》十卷，见《文献通考》。后有元人、明人各为《续录》一卷，则不著姓名。按柴望，江山人，绍熙间由太学上舍除中书，因淳祐六年丙午元旦日食上此书，历撦秦庄襄王以后至晋天福十二年，凡值丙午、丁未者二十有一，皆有事变。后元人续记宋真宗景德三年至理宗淳祐七年，值丙午、丁未者五；又明人续记元成宗大德十年至顺帝至正二十七年，值丙午、丁未者二，亦各举时事以实之。其元人《续录》序引阴阳书曰："丙丁属火，遇午未而盛，故阴极必战，亢而有悔也。"又曰："丙禄在巳，午为刃煞，丁禄居午，未为刃煞。"则亦不过术数家言。余生也晚，回数六十年前丙午、丁未间，余方十二三岁，然时已梗阻，厦门值林爽文之变，留滞年余，始得归里，亦不可谓非一咎征。然国家敬天勤民，无时可懈，岂待六十年一逢厄会，始议修省？且史传所载，乱多治少，不必尽系丙丁，则其说尽可存而不论；特不可不使人知此说，而以人胜天之理，则存乎人而已。

禫　服

在扬州日，有广西旧属某州判来谒，自言丁本生父忧，服甫阕，将仍还广西。余顺口问曰："禫服亦已满乎？"某茫然不知所应，盖实不知期服之亦有禫也。余曰："君殆只知三年之丧有禫，而不知期之丧，古亦有禫；只知二十五月之丧为三年，而不知十五月之丧，古亦为三年也。"时客中无书，只手录有孔巽轩先生《礼说》一条，遂检示之。孔云："《丧服小记》称为父母、妻、长子禫，据礼妻为夫、臣为君亦禫。《记》无文者，三年之丧必有禫，自不待言。"此以父母、长子与妻并举，则通谓期有禫者也。为父母禫，盖为人后者，为其父母亦然；为长子禫，盖庶子为其长子亦然。凡父母、妻、长子并有三年之义，虽持重于大宗者不贰斩,庶子不得为长子三年,犹当有禫;或疑不杖期并无禫,非也。《杂记》曰:"期之丧,十一月而练,十三月而祥,十五月而禫。"有练、有祥、有禫,故亦通称三年。假令遭丧于甲年之末,除禫于丙年,前后已涉三年也。《春秋左传》"王一岁而有三年之丧二焉"。谓后与太子。《墨子》曰:"君与父母、妻、后子死,三年丧服。"后子者,为父后之子,即长子也。是妻丧禫期兼得三年之称也。盖有二十五月之三年,有十五月之三年,亦犹大功有七月、九月之异耳。

玙 璠

"玙璠"二字,见《左传》定五年:"阳虎将以玙璠敛。"注云:"玙璠,美玉。"疏云:"一玉名。"疏必云此者,因二字皆玉旁,恐读者误为二玉耳。既是一玉名,则二字自不宜倒用。《说文》璠字注云:"玙璠,鲁之宝玉。孔子曰:美哉,玙璠! 远而望之,奂若也;近而视之,瑟若也。一则理胜,一则孚胜。"玙字注则但云:"玙璠也。"余由吴中引疾归,寄居扬州,客有以诗赠行者,句云:"济时今柱石,比德古璠玙。"余面告之曰:"诗句甚好,非所克当。惟以璠玙押韵,尚宜酌改耳。"客艴然曰:"璠玙、玙璠,惟所用之。《左传》虽云玙璠,而孔子之语则明曰'璠玙',杜诗'高价越璠玙',苏诗'清庙陈璠玙',古大家皆如此押韵,然则皆非欤?"余曰:"孔子之语,本是'玙璠',明见《说文》,今引孔子语者,或误作'璠玙'耳,不得以误者为据,而以不误者为非也。《三国·魏志·钟繇传》云:'晋之垂棘,鲁之玙璠,宋之结绿,楚之和璞。'潘尼《赠陆机诗》云:'今子徂东,何以赠旃? 寸晷惟宝,岂无玙璠。'皆尚不误。至唐以后,始有误沿作'璠玙'者,实不可不辨耳。"

鲥 鱼

居扬州日,偶以江鲥二尾,献阮云台师,师以手柬报之曰:"此鲥鱼,即《尔雅》之鲦当鮥,曾考之否?"余行箧无书,以属黄右原比部,右原作《鲦鮑说》甚详。按鲥，或作"鲊"，通作"时"，见《韵会》。《尔雅》鲦当鮑注："海鱼也，似鳊而大鳞，肥美多鲠。"《集韵》："鲦音囷，似鳊而大鳞，肥美多鲠，或作'鳝'。"惟《类篇》言其出有时，故名鲥。《正韵》言似鲂，肥美，江东四月有之。然吾闽秋冬间亦有之，则其出有时之说，不尽然也。广西梧州亦有之，名三黎鱼，又呼三来鱼。盖一音之转。其味稍减。此本海鱼，得江水荡涤之，其味愈美，故以出扬子江者为佳。余守荆州，过严州，皆得食之。昔人谓荆州有鲥，主起刀兵，不宜食。余以八月食鲥，次年五月升任去荆，毫无他警，则前说亦不尽然也。此皆右原《说》中所未及者，故附记之。

治疝古方

侨寓邗江，居停主人有患疝疾者甚苦。忆余在清江浦时，亦犯此证，有客教以荔支核煎汤服之，遂愈，因以此方授之，殊未见效。一日，偶翻旧书，中夹有一纸条云："辛稼轩初自北方还朝，忽得癞疝之疾，重坠大如杯。有道人教以服叶珠，即薏苡仁也。法用东方壁土炒黄色，然后入水煮烂，放沙盆内，研成膏，每日用无灰酒调服二钱即消。沙随先生亦患此证，辛以此方授之，亦一服而愈。"按此一段忘却在何书钞来，因即以此原纸授居停主人，如法制，服五日而霍愈。古方之有用如此，因急笔记之。

洗眼神方

《暗室灯》书名载一洗眼神方云：山西太原守药景锡失明十九年，忽有神人传一灵方：用厚朴五分，清水一碗，煎至五分，洗之即愈，复为山东莱州守。未洗之先，须斋戒沐浴，将洗之际，须迎日光焚香，一日三次。其方已传七代，治好者指不胜屈。其方简便易行，必有益也。日期为正月初三日，二月初六日，三月初三日，四月初五日，五月初五日，六月初四日，七月初二日，八月初九日，九月初十日，十月初三日，十一月初四日，十二月初四日。

屠 苏 酒 方

或问屠苏酒之义,记得《七修类稿》中有之。屠苏本古庵名,当从广字头。《广雅》释庵作"廜㢚"二字,孙思邈特书此二字于己庵。《集韵》云:"廜㢚酒,元日饮之,可除瘟气,亦作屠苏。"今人因思邈庵中出辟疫之药,遂有屠绝鬼气、苏醒人魂之说,可笑也。尝忆得三因方上有此药酒,用大黄配以椒桂。盖孙思邈出庵中之药,与人作酒,因遂名为屠苏酒耳。其方为大黄、桔梗、白术、肉桂各一两八钱,乌头六钱,菝葜一两二钱,各为末,用袋盛,以十二月晦日日中悬沉井中,令至泥,正月朔旦出药,置酒中,煎数沸,于东向户中饮之,先从少起,多少任意。一方加防风一两。

折 骨 伤 方

纪文达师曰:交河黄俊生言,折骨伤者,以开通元宝钱烧而醋淬,研为末,以酒服下,则铜末自结而为圈,周束折处。曾以一折足鸡试之,果接续如故,及烹此鸡,验其骨,铜束宛然。此理之不可解者,铜末不过入肠胃,何以能透膜自到筋骨间也?惟仓卒间此钱不易得。后见张鷟《朝野金载》曰:定州人崔务坠马折足,医令取铜末,酒服之,遂痊平。后因改葬,视其胫骨折处,铜末束之。然则此本古方,但云铜末,非定用开通元宝钱也。

被 殴 伤 风 方

纪文达师又曰:凡被殴后以伤风致死者,在保辜限内,于律不能不拟抵。吕太常含晖尝刊一秘方云:以荆芥、黄蜡、鱼鳔三味鱼鳔炒黄色各五钱,艾叶三片,入无灰酒一碗,重汤煮一柱香,热饮之,汗出立愈。惟百日内不得食鸡肉耳。此一方可活二命,须广布之。

小儿吞铁物方

漳浦蔡文恭公尝语人曰："吾校四库书，坐讹字屡经夺俸，惟二事得校书之力。吾一幼孙，偶误吞铁钉，医家以朴硝等药攻之不下，日渐尪瘵。后因校《苏沈良方》，见有小儿吞铁物方云：剥新炭皮研为末调粥，与小儿食，其铁自下。依方试之，果炭屑裹铁钉而出，乃知杂书亦有益也。"

治 喉 鹅 方

黄霁青曰：族兄秋坪室钱氏，素患喉鹅。喉鹅者，喉间起疱肿痛，甚者两两胀塞，名为双鹅，勺水不能下咽；治稍稽缓，呼吸气闭，往往致毙。钱所患类是，屡治屡发，恒苦之。秋坪尝自粤东归于江山舟次，闻同舟人有谭奇证及治喉鹅方者云：断灯草数茎，缠指甲，就火薰灼，俟黄燥，将二物研细，更用火逼壁虱即臭虫十个，一并捣入为末，以银管向所患处吹之，极有神效。因关心而默记焉。及归，钱恙复发，较前尤剧，医者束手。忆及舟次所闻之方，亟依法制治，数吹后，则双疱忽溃，呕吐脓痰碗许，旋即平复，嗣是遂不复发。秋坪叹为神效，真不啻仙方云。按指甲、灯草本喉症应用之品，至合壁虱为三味，则古方所未有，不知所述者从何处得来耳。又喉间方觉胀满起疱者，急以食盐自搓手掌心，盐干，复易新盐搓之，数刻即消。此亦极简便之方。而极有效，曾屡经试验者也。

治痰迷谵语方

李葛峰太守景峰曰：凡谵语者，皆心为痰所摇，应用鲜猪心一具，将辰砂一钱，甘遂二钱，合研为末，藏猪心中，外用牛粪煨热，取出药末，和作两丸，再将猪心煮汁，和丸吞下即愈。时苏州有人患痰迷病，服此方而愈。李所目击，故转以告余，因记之。

治积受潮湿四肢不仁方

歌诀云："十大功劳三两重，八棱麻根五钱轻，淫羊藿与千年健，红花当归五加皮，陈皮六味俱三钱，一共八味煎浓汁，配入陈烧四斤足，再加无灰酒十斤，封坛七月随量饮，一月之后见奇功。"此方系扬州异人所传，闻叶筼潭方伯服之有效。

止血补伤方

姚伯昂总宪《竹叶亭杂记》曰："余侄婿张子畏太守寅官农部时，赴圆明园画稿，车覆，舆夫为轮所压伤，两肾子俱出，以为无救也。余适在朝房，以语申镜汀前辈，申亟录一方见示，且言：昔亲见两舟子持篙相斗，篙刺额角而穿，以此药敷治之而愈，其药止痛止血，且不必避风。余急照方配药，令舆夫敷之，半月而愈；复以治刀、箭、马、踢、跌伤，无不验。其方用生白附子十二两，白芷、天麻、生南星、防风、羌活各一两，各研极细末，就破处敷上；伤重者用黄酒浸服数钱，青肿者水调敷上，一切破烂皆可敷之即愈。地方官若能于平时预制，以治斗殴伤，可活两命。价不昂而药易得，亦莫便之阴功也。"

屏贼盗咒

伯昂总宪又曰：山东李鼎和传得屏盗贼咒语，羁旅路宿，颇可预防。咒云："七七四十九，盗贼满处走。伽篮把住门，处处不着手。童七童七奈若何。"于清晨日出时，向东方默念四十九遍，勿令鸡犬妇女见之。

卷二

致刘次白抚部鸿翱书

道光壬寅春初，引疾得请，于秋仲归抵浦城，有致刘次白抚部一函，语颇切直而有关系，非同寻常尺素书也。因附录于此云。

某自引疾得请后，应即旋闽，因俶装之顷，忽闻浙东嘆夷猖獗，大帅奔回杭州，钱塘江一带戒严。莠民乘机劫敚，行旅相戒裹足，不得已，暂至扬州避之。嗣因扬城警报踵至，探知夷艐已迫焦山口，复踉跄挈家于六月初渡江。时京口草木皆兵，一叶扁舟从锋镝中夺路而出。甫过丹阳，即闻镇江府城已被夷兵攻破，道途梗阻，幸途遇带兵大帅齐礼堂参赞慎北来救援，某与参赞曾为甘陇同寅，承其沿途拥护，星夜趱驰，得以安抵苏州。复连夜乘潮至富阳，神魂始定。六月杪至衢州，探闻江南大吏以千万金钱与嘆夷议和，许其于江南、浙江、福建、广东四省设立马头互市，业经奏准。呜呼，此乃城下之盟，不得已权宜之计。惟我皇上如天之德，深悯东南百姓久遭荼毒，勉从疆吏所请，使民气得以小苏。凡薄海含生负气之伦，无不感颂皇仁，而咨嗟太息于臣工措理之失当也。七月初至浦城，本拟即日买舟顺流归里，忽闻嘆夷复欲在福州添设一马头，执事已为据情奏请，不胜骇愕。且闻省垣绅户纷纷各为搬移之计，因此观望不前。继闻此事已奉中旨再三驳饬，仰见圣明覆载无私，洞鉴于万里之外，俾滨海臣庶均各安耕凿于尧天舜日之中，为之额手称庆。乃不数日，又闻执事以此事顶奏，求顺夷情，则诚某之所不解也。试问执事，夷情重乎，民情重乎？夫前此之准议和，乃我皇上之顺民情以顺夷情，此经中之权，史传中屡有之。今此之请添马头，乃执事之拂民情以顺夷情，果何说以处此！民为邦本，执事于本末之分，顺逆之理，亦曾熟思而审处之乎？且此事本末，至易明也。以省分论，福建不能先于江南、浙江、广东也；以富强论，福建不能胜于江南、浙江、广东也。乃江南、浙江、广东每省只准设一马头，而福建一省独必添一马头以媚之，此又何说以处之？且江南之上海，浙江之宁波，福建之厦门，广东之澳门，本为番舶交易之区，而福州则从开国以来并无此举，今以亘古未闻之事，而为恭奉外夷之故，强率吾闽数十万户商民，必与上海、宁波、澳门一律办理，于国计民生政体均所未安，此又何说以处之？况中原滨海各省，不一而足，倘该夷援福州之例，于山东索登州马头，于直隶索天津马头，于辽东索锦州马头，则概将惟命是听乎？况外番如噗夷者，亦不一而足，倘各外番并援噗夷之例，亦于滨海各省请分设马头，则又将惟命是听乎？且福州省城外距五虎门大海尚有百十里之遥，苏州省城外距常熟海口不过百里，浙江省城外距鱉赭海门亦不过百里，广州省城则外距澳门不过数十里，若皆以海道可通之故，各援福州之例并请于各省会分设马头，又何词以拒之？且执事亦知该夷所以必住福州之故乎？该夷所必需者，中国之茶叶，而崇安所产，尤该夷所醉心，既得福州，则可以渐达崇安。此间早传该夷有欲买武夷山之说，诚非无因。若果福州已设马头，则延建一带必至往来无忌。某记得道光乙未年春夏之交，该夷曾有两大船停泊台江，别驾一小船，由洪山桥直上水口。时郑梦白方伯以乞假卸事回籍，在竹崎江中与之相遇，令所过塘汛各兵开炮击回，则彼时已有到崇安相度茶山之意，其垂涎于武夷可知。此时该夷气焰视十年前更甚，得陇望蜀，人之常情，况犬羊之无厌乎？此局果成，其弊将有不可殚述者，愿执事合在城文武各官、及在籍老成绅士从长计议，极力陈奏，必可上邀俞旨，下洽舆情，使噗夷知中国不可以非理妄干，自当帖然听命。甚不愿后日以卢龙之责，归咎于当时之大吏及士大夫也。敢拜下风，伏惟垂鉴，幸甚。

按是时吾闽怡悦亭督部方巡台湾，远在海外，省中事务统归次白抚部主持。余在江苏藩任时，次白为太湖同知，曾以浚河便民荐举，加知府衔。次年复以计典卓，荐擢守徐州，洊至开府。以余为举主，执弟子礼颇恭，故余不惮倾倒言之。次白虽不以为忤，而迄不能见诸施行。顷闻嘆夷竟相挈入省城，与大小官吏相通谒，且占住乌石山上之积翠寺，设牙旗鼓角，民间惊扰，官吏不知所为，至是始追咎于始谋之不臧，而不幸余言之中也，悔何及矣。

炮　　说

嘆夷之滋扰羊城也，余适在西省梧州带兵防堵，前后选运大炮，自三千斤至八百斤不等，凡四十座，解往广州协济，皆经奏明，令事平仍运还各处。嗣闻或失于贼，或沉于海，无一座还西者。既量移苏抚，复在上海防堵，尝与陈莲峰提戎并骑由吴淞海岸一带查演各炮，大小不下百十座。又在上海城中亲督局员开铸新炮，亦不下数十座。次年嘆夷长驱直入，城内外各炮尽归乌有，议者遂谓中土之炮远不敌嘆夷之炮，此非探本之言也。夷船之先声夺人者，莫如桅顶之飞炮，厦门及宝山之陷，皆由于此。其火光迸射，纵横一二丈，恃以攻敌则不足，用以惊敌则有余，故统军者惊奔，而众无不溃矣。此《孟子》所谓"委而去之"者。今日军中前坐此病，则又何我炮彼炮之分乎？自军兴以来，各省所铸大炮，不下二千座。虎门、厦门、定海、镇海、宝山、镇江之陷，每省失炮约四百余座，其为夷船所得者，约千五六百座。厦门之战，我军开炮二百余，仅一炮中其火药舱，大艘轰裂沉海，夷船遂退，是数百炮仅得一炮之力也。定海之战，葛总兵开炮数日，仅一次击中其火轮头桅，即欹侧退窜，是亦数百炮仅得一炮之力也。但使炮发能中，则我炮亦足破夷；如发而不中，即夷炮亦成虚器。夷艘及火轮船多不过数十，大小杉板船亦不过数十，但使我军开数百炮内有数十炮命中，即可伤其数十船。沉一船可歼数十人，坏一船可伤数十人，尚何夷炮之足畏？如发而不中，则虎门所购夷炮二百座，其大有至九千斤者，何以一船未伤，一炮未中？是知炮不在大，亦不在多，并不在专仿洋炮之式也。或谓炮之能中，专在准头，兼由地势。余谓此亦非确论。陆战之炮，须定准头，而水面之船，则无定势。昔人所谓以呆炮击活船,何能必中,地势之说似矣。然余曾亲登宝山炮台,正当大海入港之口,不高不低,既无突出水面之危,又无四面受敌之虑,尝与莲峰提戎坐谈半晌,深叹昔人相度之善,克成天险之形,似他处炮台,更无如此之得地势者。而虚炮一轰,全军皆溃,又何说乎?故曰兵无常形,地无常势,果能众志成城,则又何炮之不可用乎!辞官归里后,有询问夷情者,率以畏炮为言,因摭所知告之。

家　　居

古人家居,每相戒不入州府,当官枉顾者,必闭门不纳,此高人退士所尚。若曾任显职者,则不尽然。居是邦而事贤友仁,就高年而采风问俗,于礼原不禁往来也。惟余前后两次皆以引疾假归,疾虽少间,亦未便轻出酬应。诸大吏有辱驾问讯者,无不款接,而从不敢登门谢步,但走伻以一刺相报而已。戚好中寻常庆贺,亦一概不行,惟偶有以酒食相召者,则无不往应。人多嗤之,以为既省往来而复赴饮召,何以为守礼?余笑答之曰:礼时为大,称次之,余本以疾归,酬应则有劳形之苦,饮宴则收颐养之功,于养疴最宜,亦最称,如之何其禁之?语所谓暗合道妙者,而反以此相诋讥,抑何其不谅乎!

请　铸　大　钱

余在广西巡抚任内,曾有请铸大钱之奏,为户部议格不行。嗣由江苏巡抚任内引疾得请,于陈谢折内复申此说,则留中未发。比年于邸报中知某御史亦有以此事陈请者,大约亦必被部驳不行。韩诗所谓"中朝大官老于事,讵肯感激徒媕婀"者,盖不自今日始也。今年回福州,廖仪卿观察鸿藻亦主此议,知余已经入告,索阅旧稿,因并录前后二稿示之。近日复读吾乡许画山作屏《青阳堂文集》,中亦有请铸大钱一疏稿。画山官职非可奏事,当是为某大僚所拟,或仅存其说而未发,或已经奏入而未行,均不可知。其疏后所拟十款,则皆切实可行,有辅余前稿所未及者,急备录之,以待施行者采择焉。

一曰严收铜。收铜之法，不在严刑，而在重价。令各直省州县军民人等，按东西南北四乡，分春夏秋冬四时交铜。除佛像不毁外，一切红铜器具，尽行交官。官照库秤设秤二面，委就近之吏目、巡检、典史等员监督妥书，眼同该花户，当堂称准，随即散给领价执照。每斤给银六两，照内将铜斤银数开载分明，期以第三年仍按方按时赴官支领。如有不肖官吏抑勒铜斤、克减银价，许该交铜各花户赴就近道府衙门呈控，审实，按赃依枉法科罪。交铜之后，各花户倘尚有不实不尽者，限一年内许陆续呈缴，一年以外，州县官率同所属吏目、巡检、典史等员，仍按东南西北四乡，依春夏秋冬四时，分路严查。如有隐匿红铜一斤以下者，罪杖一百；一斤以上者，罪满流；十斤以上者，发近边充军。有能提铜首报一家藏匿红铜十斤以上者，审实，官给首报人赏银二十两；五斤以上者，给首报人赏银十两。如虚，予杖八十。铜收尽后，由该州县运送各该省藩库存贮。运费，每铜斤在藩库领脚费银五分。似此既以重价鼓舞之于前，复立严刑督责之于后，天下红铜自然尽归于官矣。

二曰严采铜。采铜之法，令天下凡采红铜之山。由督抚转委道府大员监采。如有透漏铜斤者，本犯按数科罪，一斤以下者，杖一百；一斤以上者，满流；五斤以上者，发近边充军；十斤以上者，绞监候。监采道府讯不知情，依失察从重议处。如或知情故纵，革职，或通同舞弊、分赃计赃，准枉法论罪。停采之时，严行封闭，请专设守矿官一员，以正八品佐贰等官主之，就近建置衙署，以便巡查。倘有奸徒私行盗采者，准透漏铜斤律论罪；守矿官论罪，亦与监采之道府同。缘民间红铜现存较少，诚恐不足以供鼓铸之用，故须随时开采，以广财源也。

三曰精选铜。选铜之法，请专用红铜。我朝五代之钱，惟雍正钱间有用红铜者，然多经私毁，改造铜器，民间现存者，百不得一。余顺治、康熙、乾隆、嘉庆并前代偶存古钱，皆系白铜，与红铜铜色迥别。奸民即欲毁小为大，希图重利，而剂色不同，无能参乱。此专用红铜，所以绝盗铸祸本也。

四曰妙给价。给价之法，每铜斤既定给银六两，如必关支国帑，则数无虑千万,一时断难应给。今定以交铜之第三年正月,令各直省藩司,将各州县所解到铜斤开局鼓铸。先铸当千大钱及当五百大钱,当千者作银一两,当五百者作银五钱。每花户交铜一斤,给当千者三枚,计作银三两,又给当五百者六枚,计作银三两,共合银六两。似此以民之利,还之于民,民间输铜一斤,即得银六两,不须损上,自然益下。此所谓藏富于民者也。

五曰擅赢余。赢余之法,每铜一斤,可铸当千大钱八枚,作银八两。除鼓铸工料之费,每铜斤去银四钱,又除州县运铜脚费,每铜斤去银五分,运钱脚费,每铜斤去银五分,共去银五钱,实存银七两五钱。今以六两给花户作铜价,计每铜斤净余银一两五钱。通计各直省共一千三百余州县,每州县通算约三万家,家输红铜约五斤,每县可得铜十五万斤。各直省通算约可得铜一万九千五百万斤。每铜斤余银一两五钱,通算约得银二万九千二百五十万。且随时开采,每得铜一斤,除矿费、运费、鼓铸各等费,总可净余银六两有零。此则不资之富,取之无穷,不须损下,自然益上。是又所谓藏富于君者也。

六曰精鼓铸。鼓铸之法,当千大钱,阳文右曰“当千”,左曰“重二两”,阴文曰“嘉庆通宝”;当五百大钱,阳文右曰“当五百”左曰“重一两”;当三百大钱,阳文右曰“当三百”,左曰“重六钱”;当二百大钱,阳文右曰“当二百”左曰“重四钱”;当百大钱,阳文右曰“当百”,左曰“重二钱”:阴文皆同,皆用汉文楷书,以便民间别识。由户部先精制钱样,颁发各直省。省立一局,委道员监铸。铜剂首要洁净,鼓铸必极精致,轮郭必要分明,肉好亦要均得。倘有杂和铅锡及铸不精工等情弊,将该监铸之员严审定拟,果有侵蚀铜斤,照坏乱钱法罪绞监候。

七曰审铢两。铢两之法,每铜斤铸当干大钱三枚,枚重二两,计三枚,共重六两。铸当五百大钱四枚,枚重一两,计四枚,共重四两。铸当三百大钱四枚,枚重四钱,计六枚,共重二两四钱。铸当二百大钱六枚,枚重四钱,计六枚,共重二两四钱。铸当百大钱六枚,枚重二钱,计六枚,共重一两二钱。每铜一斤,共铸五品钱二十三枚,共重十六两,似此大小轻重,各依其直折半递减,奸民即欲毁小为大,窃取厚利，而铢两适合，并无盈余，无可为利。盗铸之源不禁又绝矣。

八曰禁剪凿。剪凿之禁，依古有之。今令如有剪凿轮郭而损缺者，或有盗磨钱质而取铅者，重不如其文，皆废勿用。其敢于作奸损坏之人，准左右邻及地保、族属人等举首；审实，赏举首人当千大钱五十枚，作奸损坏人准盗铸律论罪。

九曰广流通。流通之法，令当千大钱作纹银库平一两，当五百者作银五钱，当三百者作银三钱，当二百者作银二钱，当百者作银一钱，其奇零小用，仍照现在当一制钱，以便行使。凡民间交易，皆准此定价，永远遵行。并农民完粮，商人纳课，俱准作银，照数输将。其有牙行市侩，敢于把持抑阻者，一经发觉，照违制律，从重发近边充军。

十曰慎示信。示信之法，于未收铜之先，由户部刊刻颁发各直省告示，令民间除佛像不毁外，凡一切红铜器具，尽行呈缴，按东南西北四乡，分春夏秋冬四季，该花户亲自赍铜赴各州县衙门，眼同官胥称准，州县官每日委吏目、典史等官，督同当堂上兑，兑明，随给各花户领价印照，每铜斤给价纹银六两，将铜斤银数开载分明，期以交铜之第三年，仍按春夏秋冬赴官领价。倘该管官吏有抑勒铜斤、克减银数等情，许该花户赴就近道府衙门喊告，该道府即行严讯，审实，按数以枉法赃论罪。军民人等如有呈缴未尽者，准一年内续交，一年以外，该州县官及所属之吏目、巡检、典史等员，分路亲赴严查。倘花户等敢于隐匿不缴者，查出，每铜一斤以下者，予杖责；一斤以上者，满流；十斤以上者，发近边充军。有能持铜呈首者，酌量铜斤多少，官予赏银。此户部刊刻颁布收铜给价之明示也。此示只明告以交铜之利，匿铜之罪，不必令民间预知，将以更铸大钱，以防匿铜不交之弊。俟铜斤收清之后，于第三年春初，再由户部刊刻颁布各直省改铸大钱告示，凡新收红铜，精选洁净，令各直省巡抚委道员就省开局，鼓铸当千大钱，枚重库平二两，作纹库银一两；当五百大钱，枚重一两，作银五钱；当三百大钱，枚重六钱，作银三钱；当二百大钱，枚重四钱，作银二钱；当百大钱，枚重二钱，作银一钱。凡民间交易并完粮纳课，俱准依数作银作钱，两下行用；其奇零小数，仍用常行当一制钱，以便行使。自更铸之后，永远遵行，万年不易。倘有牙行市蠹，胆敢阻抑者，一经发觉,照违制律,从重发近边充军。仍将钱样依式刊示于后,注明非真足红铜,及重不如其文者,准勿用,以防盗铸杂铅及剪凿诸弊。此户部刊刻颁发改铸钱文,永远遵行之明示也。

按余在广西陈奏此事,初奉到批回,交部议奏,而部中准驳尚未奉有明文,因复私拟一稿,以备续陈。既奉部行,以现在钱法无弊,毋庸更张,则后稿亦遂束之高阁。兹并录附以示仪卿云。

伏思钱法为济时急需,而铜政实为钱法根本。铜之来路不充,而日勤鼓铸之事;铜之去路不禁,而徒严盗铸之条,犹非拔本塞源之计也。夫以甚有用之铜,而听其为民间私家不急之物,古人所谓货恶其弃于地者,莫此为甚。大约风气之华靡,以渐而开,由今追溯四五十年以前,铜之为用尚少,比年则铜器充斥,而东南数省为尤甚。如一暖手足之炉,虽小户亦家有数具;一闺阁之镜,乃径宽至一二尺,重至一二十斤;一盥盆、一炭盆、一壶、一镀,动重数斤。又如大小钲铙,与鼓相配而鸣者,为岁首戏乐之具,从前惟富户乃有之,近则中小户亦多有之。举此三数端,则其余可以概见:皆由豪家相尚,踵事增华,所谓作无益,害有益也。而于是省会之铜器店以百计,郡城以数十计,县亦不下数家。至究其铜所由来,并非经商贩运,间有以废铜易钱者,亦千百中之一二耳。然则其铜何自而得乎?则皆销毁制钱而为之也。近日市中行用,不见有顺治、康熙、雍正三朝之钱,即乾隆、嘉庆钱亦甚寥寥矣。非皆毁而为器之故乎?然则居今日而议钱法,舍禁民间铜器,其流不得而塞,即其源无由而清。然徒禁之而抑令呈缴,甚至不缴,则从而搜括之,则滋扰之弊,亦不可不预为之防。且常用之物,骤为厉禁,亦无以服小民之心。窃以为宜令牧令设局公堂,以渐收买之,十里以内,限一月,十里以外,限两月,皆输缴净尽,每斤议定给以价银若干。如是则民不扰,而浮议亦不起。虽然,山僻小县,库中附贮之项,皆别有所抵,所征地丁,则随征随解,安得余银以为收铜之资。窃又以为宜从权变通,准其开常平仓,或即照银价以谷给民,或出粜得钱以给之,随时变通,民亦可以无扰,总在奉行之得人耳。收铜既净,远者或令销熔,近者或即以原物径解省城总局,然后酌量分别,约上等铜若干,可铸当干、当五百钱;中等铜若干,可铸当百、当五十钱;下等铜若干,可铸当十,当五钱。不过数月,便可集事。但铸造磨砻,必极工致;而米炭工费,必照时价给发,使炉匠有以养身家,然后行之可久。如现在各直省钱局之价,尚是照康熙年间旧定者给发,其中赔贴太甚,则其弊更不可言,是亦所当议及者也。

鲲　鲕

许画山《青阳堂文集》中有《延师说》一首,盖吾乡近事也。说云闽有富室,欲延师教子,访之三年矣,始得一老宿,岁供百金。其子业《南华》者也,初授以《逍遥游》,请曰:"鲲何鱼也?"师曰:"小鱼也。"富翁窃听而笑之。越三月,业及《庚桑楚》,又请曰:"鲵何鱼也?"师曰:"大鱼也。"富翁大笑曰:"鱼之大小且不能辨也,是可与卒业乎?"辞之去。世之知其一而不知其二者,如此富翁矣。虽老师宿儒,曾不能以享百金之食也,可慨也夫! 按画山之责富翁诚是矣,抑其师亦不能无咎焉。《尔雅·释鱼》:"鲲,鱼子也。"《国语·鲁语》:"鱼禁鲲鲕。"此鲲为小鱼之说所本也。《左传》宣十二年:"取其鲸鲵而封之。"注:"鲸鲵,大鱼名。"此鲵为大鱼之说所本也。然《逍遥游》之鲲,明为大鱼;《庚桑楚》之鲵,明为小鱼。彼老师者,独不顾文而思义乎? 则所谓知其一不知其二者,实惟其师当之,于富翁何责焉!

饮　量

蒲城近日风气,远不如昔,不但谈艺无人,即豪饮者亦少,文字饮更不待言。求如三十年前祖舫斋师之雅怀雅量,杳不可得。旧时门士,落落如晨星。壬寅秋初寄庑时,有黄懋昭广文训者,可称大户。其时季述堂运副,亦相伯仲,而意专角胜,终席叫呶,即其内不足之征。逾年则述堂远出,懋昭酒力亦骤退。惟季尧文广文松云尚堪自张其军,一时遂无能出其右者。述堂尝问余服官中外,所值酒侣果可当大户者有若干人,余曰:"里居时,惟见闽邑令海丰张曦亭映斗者,饷客以茶,陪饮以火酒,两杯对举并尽。后客来,复然,可以终日不倦。通籍后,则惟同年安化陶文毅公饮量食量并洪,尝言火酒或可醉人,黄酒自可无量,平生并不知醉乡为何似。在安徽藩任时,尝与孙平叔中丞以火酒角量,自辰至亥,孙已酩酊,而公仍阳阳如平常也。"述堂曰:"京中诸巨公先生,自不乏真大户,可能举其人否?"余曰:"此则吾师纪文达公详言之矣。师云:酒有别肠,信然。八九十年来,余之所闻者,以顾侠君前辈称第一,缪文子前辈次之。余所见者,先师孙端人先生亦入当时酒社。先生自云:我去二公中间,犹可著十余人。次则陈句山前辈与相敌,然不以酒名。近时路晋清前辈称第一,吴云岩前辈亦骎骎争胜。晋清曰:云岩酒后弥温克,是即不胜酒力,作意矜持也。验之不谬。同年朱竹君学士、周稚圭观察,皆以酒自雄。云岩曰:二公徒豪举耳,拇阵喧呶,泼酒几半。使坐而静酌,则败矣。验之亦不谬。后辈则以葛临溪为第一,不与之酒,从不自呼一杯;与之酒,虽盆盎无难色,长鲸一吸,涓滴不遗。尝饮余家,与诸桐屿、吴惠叔等五六人角,至夜漏将阑,众皆酩酊,或失足颠仆,临溪一一指挥僮仆扶掖登榻,然后从容登舆去,神志湛然如未饮者。其仆曰:吾相随七八年,从未见其独酌,亦未见其偶醉也。惟饮不择酒,使尝酒,亦不甚知美恶,故其同年以登徒好色戏之。然亦罕有矣。惜不及见顾、缪二前辈一决胜负也。端人先生恒病余不能饮,曰:东坡长处,学之可也,何并其短处亦刻画求似。及余典试得临溪,以书报先生,先生覆札曰:吾再传有此君,闻之起舞,但终恨君是蜂腰耳。"前辈风流佳话如此。近今则如《广陵散》,渺不可追矣。

食　　量

相传国初徐健庵先生食量最宏,在京师数十年,无能与之对垒者。及解官言归,众门生醵饯之,谓将供一日醉饱也。安一空腹铜人于座后,凡先生进一觞,则亦倒一觞于铜腹,以至䏑胾羹汤皆然。铜腹因满而倒换者已再,而先生健啖自若也。乾隆年间,首推新建曹文恪公秀先,次则达香圃大宗伯椿。人言文恪肚皮宽松,必折一二叠,饱则以次放折。每赐吃肉,准王公大臣各携一羊腿出,率以遗文恪,轿箱为之满。文恪取置扶手上,以刀片而食之,至家则轿箱之肉已尽矣。香圃宗伯家甚贫,每餐或不能肉食,惟买牛肉数斤以供一饱。肉亦不必甚烂,略煮之而已。宗伯人极儒雅,惟见肉至,则喉中有声,如猫之见鼠者,又加厉焉。与同食者,皆不敢下箸。都城风俗,亲戚寿日,必以烧鸭烧豚相馈遗。宗伯每生日,馈者颇多。是日但取烧鸭,切为方块,置大盘中,宴坐以手攫啖,为之一快。

曼云先兄家传

道光甲辰春,编刻曼云先兄《秋竹斋诗存》九卷,既成书,金谓不可无序,余何敢序兄诗,顾念兄之行谊,惟余知之最悉,不可以无言,因摭拾其事为家传一首附焉。传曰:公姓梁氏,初名雷,成进士后,改今名,字眚中,一字曼云,又字曼叔,晚号江田,伯父茂才叶所公之第三子也。叶所公精于星命之学,于其诞之月前数日,语家人曰:"若生于某日某时,必非凡格。"已果应期,实乾隆之辛卯年辛卯月己卯日丁卯时也。幼虑其弱,不督之学。十龄,即可应童试,禁弗使出,而向学益勤。光州吴香亭先生来督闽学,闻其为文章宗匠,锐欲入试,诸季父私纵之出,遂得补弟子员。嗣丁叶所公忧,三季父岱岩公作令黔中,携与俱往。逾年为甲寅,闻有恩科,遂辞归,与同怀伯兄虚白公及章钜同举于乡。是科功令,新举人归督部覆试,揭重榜于鼓楼上,冠其曹。嘉庆己未成进士,殿试以十卷头引见,入翰林。是年秋,开实录馆,座主大兴朱文正公领其事,精择儒臣二十八人,奏为纂修。公以新庶常,获与兹选,前后所仅见也。在馆日,屡被纱葛瓜果之赐,又内发折叠扇数十柄敕馆臣之工楷法者分书之,公亦在选。散馆一等,授编修。是冬乞假省母,座主长沙刘文恪公敦留之,不获。文恪尝语人曰:"梁三品学,事事称吾意,惜其不能饮酒,无以传吾衣钵耳。"虽一时戏语,亦足见其契分之深矣。归里未数月,值满洲文远皋少宰督浙学,招之入幕。时抚浙者为仪征阮相国,皆座主也。公往来两节署,请业请益,所学愈进。既又以省母辞归,旋丁内忧,以二亲未葬,又体中多病,遂不复出。公幼颖异,见解多出人意表。六岁学书,即能摹怀仁《圣教序》。叶所公欲令专意楷书，授以快雪堂本《乐毅论》，学之经年。一日，瞿然曰："此非右军书也。"乃舍去，泛滥学篆隶，而书益工，兼精篆刻，又旁通绘事。偶作写生花卉，以恽南田设色太浓，每以淡远相胜，然不多作。零缣片楮，人皆宝之。中年自以生性卞急，欲托琴德，以自养其天，学之辄有得。有以古琴一具来售者，背刻"光化二年"字，下有"升"字押，物主转以相质。公审之，知为唐昭宗年间所制，"升"字或是"雷升"押字。验其二三徽，吟声极清长，非千年物不能。因囊空，不能购，荐之友人，以价廉不之贵，遂为俗流所得。公惋惜累日，作诗闵之，乡里多诧其事。生平笃于友谊，然性落落寡合，不喜与显者往来。里居时，与曾禹门奋春、廖佩香英为贫贱之交，二君皆诗人，时以唱和相劘切。佩香早卒，公为营墓山中，督工四十余日不倦，执杵者皆感激，相劝用力。事毕，题其墓门曰："黄壤可怜埋傲骨，青山长遣伴吟魂。"在京师时，惟其同年萧山汤敦甫金钊、高邮王伯申引之、涿州卢厚山坤、通州白小山镕、桐城吴春麓赓枚、武威张介侯澍为道义文字之交，归里后亦断绝音问。数人中有持节来闽者，则亦彼此不通一刺，足迹不入州府。有过访者，辄拒不纳，以此得孤傲名。闭户读书，谢绝人事，于医卜堪舆之学，靡不宣究。自言穷经非力所能，杂考据亦性所不近，惟论史及论诗，似别有会心之处。故今所存诗，咏史之作居其半。二十许岁时，尝自录所作舌近体一帙，属章巨转呈同里郑苏年先生。先生极赏异之，详加评论，勖之以理性情，精学问，公为之心折。自是守先生之指授，终身不忘，诗亦日进。五十岁外，始勒成定本，意欲托章钜以传于世，见于自叙中。时章钜方宦游南北，公书未及达，遽归道山，年仅五十有七。越十余年，章钜再归田，从福州老屋中检取遗稿，其孤儿乃出《秋竹斋吟卷》两帙相示，则皆公所手录，涂乙之痕满纸。因费旬余日之力，钞一副本，而删其愤懑率易诸篇，次为八卷，附以馆课试律一卷，合成两帙，已足以存公之生平，然非笃于情，复深于学者，未易觇其底蕴。惜苏年先生不及见其成也。因属其门弟子王赤兰校付梓人，以质世之知诗者。闻此外杂著尚有《陈氏古音考订》、《读诗考韵新谱》、《四书偶识》、《史汉眉评》、《说文小笺》、《难经发明》、《两汉魏晋宋齐诗式》、《全唐诗随笔》、《唐人风格》、《集杜园说》、《杜韩诗细》、《苏诗钞》，以及《四书文稿》，尚不下数十卷，藏其婿何肔苼孝廉家。论曰：公性孤介，寡交游，薄滋味，自言脏腑清虚，食愈少而身愈快，眠愈少而神愈清。余常谓公平生有数反，家无长物而用财如泥沙，不计有无，至锱铢之入，辄相顾动色，不苟取。下于己者，煦煦相欢眲，即穷独孤寡，惴然恐不当其意；而不喜与权贵豪富交，稍不称心，即怒形于色，以故人多望而畏之，而有时坦易之处，则又不可测以恒情。此其所以虽践清华，而终归穷困也。忆余与公同上公车，以己未元日过杭州西湖，初游净慈，继至灵隐，公掣余坐冷泉亭上，徘徊瞻顾，怳有所思。余欲与公同进寺门，促之至再，公坚不入，余颇讶之。归舟中诘其故，公曰："昔曾梦游一大寺，甫至门寺中，钟鼓并作，有僧众欢迎曰：老和尚归来矣。我曰：我尚有未了之事，此时无暇留此，迟三十年可也。今日见寺门，宛然梦境，是以不欲入耳。"然则公前身其僧矣。余又乌从而测之。

寿　　序

甲辰中秋，接刘次白抚部来函，以余七十寿辰，拟欲制一序文为祝。既又思寿序非古，尤非所宜于大人先生。现在重编文集，仅存祝女寿者数篇，其前所存寿序，已尽行删去，今谨成七言律诗二首奉寄云："经济文章两不磨，八闽灵气拱山河。恩持前后岩疆节，惠播东南茇舍歌。白首高风疏傅少，苍生霖雨谢公多。卌年中外劳经画，道履天教养太和。""廿四中书比昔贤，关心民瘼食为天。救荒最著江南策，达变能归海上船。论报自应仁者寿，辞荣早占福之全。师门此日瞻依近，愿附耆英拜绮筵。"按两律矜炼名贵，固是高手，然谓寿序非古，则不尽然。自前明以来，名人文集中，此体并未全删，但须择其有关系者存之，即与传记文字无异。即如今秋福州亲友公制一序寄祝，系王雁汀太史庆云所撰，虽抚部亦极为击节。此等文自可不朽，余亦窃冀附传，岂得以寿文非古，概斥之乎？附录于后，以质读者。序云：今上即位二十四年秋七月，吾乡梁茝林先生七十诞辰。先二年，先生由江苏巡抚乞疾归寓浦城，至是乡之士大夫，谋归先生而不得，则共谋以诗文寄祝，而授简于庆云。庆云固陋，何足以述先生。顾辱先生知最深，不敢以不文辞。梁氏出长乐江田，自前明以儒世其家，至乾隆间始显。先生由词垣历枢禁，出典封圻，扬历中外四十年。悬车之日，神明不衰，天之笃生老成，使享大年，受多祉，乃出于十五世儒冠之家，盖其所从来者远矣。夫人臣事君，大节在进退，惟大臣尤难。其进也，委蛇持重，度吾身之可以有为；而其退也，使臣子知有不可苟之禄，而终不以远贤之谤归之朝廷。是故进亦所以事君，退亦所以事君。先生自壬戌通籍还家，主讲席者将十年，读书自娱，不汲汲进取，履外任不六七年，由郡守至方伯，上方向用，而先生以疾引归。既归之四年，特旨召授甘肃藩司，擢抚广西，调江苏，于是再以疾辞，可以有为而后进，一不可而遂退。夫以先生受主知，得行其志，而犹难进易退如此。先生之抚江苏，属嗫夷窥我东南，先生督师驻上海，自吴淞至宝山口，斥堠严肃。其经画有方。尤在纵商民海舶入港，而不拒以资敌。时军事属扬威将军，先生积忧成疾，乃疏请致仕。闻先生之将引疾也，遇所知，益剧谈当代人物与否泰消长之理。一月之间，封章再上，人莫测所繇，疑有所掊击者。久之，中旨未下，而先生遂以疾行。先生精吏事，所至有善政，所拔荐多伟人。宦东南久，屡修水利，如泖湖、练湖、吴淞、孟渎为泽甚溥。辛卯，江淮大水，流民塞道，先生多方资送留养，凡活六十余万人。昔富郑公在青州，活饥民五十万，自言胜作二十四考中书，先生功德在人，于是为大矣。生平无他嗜好，以著述为性命，强识博闻，达于国家掌故。其居乡，以文献为己任，于经史皆有撰述，尤精《文选》，旁及艺文杂记，定著若干种。文章润身，政事及物，惟先生实兼之。今大江南北，喁喁然望先生复出，而先生方以疾解。窃谓先生精神强固，疾既有瘳，且惟上能保全始终，使先生得以疾辞，则亦惟上能愈先生之疾而起之。先生其俯仰屈伸以利形，进退步趋以实下，吸新吐故以利脏，专志积精以适神，颐养天和，相时而动，此则都人士所以寿先生之意也。

卷三

闽蛮互称

福建之为闽，自古及今无异，而今西北人或并以蛮称之。吾乡士大夫，又或并闽之名而不居，而别为称曰东越，曰冶南，皆未详考也。莫古于《周礼》八闽、七蛮之分，郑注："闽，蛮之别也。"《国语》曰："闽，芈蛮矣。"按此所引《郑语》史伯之词。上言荆王熊严生子四人：伯霜、仲雪、叔熊、季纠，叔逃难于濮，而蛮季纠自立，乃曰蛮芈蛮矣。谓叔熊既避难居濮，而从蛮俗也。彼不作闽者，贾《疏》谓后人转写者，误郑氏以闽为正。叔熊居濮如蛮，后子孙分为七种，故谓之七闽。然考《史记·楚世家》，熊严卒，长子伯霜代立，是为熊霜。熊霜元年，周宣王初立，熊霜六年卒，三弟争立，仲雪死；叔堪亡，避难于濮；而少弟季徇立。是叔之居濮，在宣王世。《周礼》为周初之书，安得先有叔熊之后分七种为七闽之理？且《牧誓》武王伐纣时，随从之国有庸、蜀、羌、髳、微、卢、彭、濮八种。孔《传》云："庸、濮在江、汉之南。"杜预《左传释例》直云建宁郡南有濮夷。建宁郡乃蜀汉时改益州所置，其地当属梁，益在今四川、云南间。七闽果叔熊居濮之遗裔，何地之相隔绝远耶？许氏《说文》云："闽，东南越蛇种，从虫门声。"所指东南，较濮之在西南为得其实。然蛇种之言，实不知所据。近人有据《说文》谬称闽人为蛇种者。先叔父太常公笑驳之云："《汉书》明言迁其人于江、淮间，则今江、淮间民乃真蛇种，而今之闽产无与焉。"最为痛快，近人无以难之。窃思今之连江、罗源及顺昌诸邑山谷间，有一种村氓，男女皆椎鲁，力作务农，数姓自相婚姻，谓之畲民，字亦作畬，意即《汉书》所云："武帝既迁闽、越民于江、淮间，虚其地，其逃亡者自立为冶县。"此即冶县之遗民，而畲之音与蛇同，岂许氏承讹，遂以为蛇种欤？且蛮之字，许氏亦云："蛇种。"安得蛇种之多如此，岂蛮与闽名异实同？然《周礼》又何以七、八别数欤？窃谓草昧之初，南方闽蛮未通中国，其人率皆虫虫蠡蠡，故其字从虫以象之。即如古"狄"字，亦从犬，至犬戎，则直以犬为名。又如"獯鬻"、"猃狁"之类字，皆从犬，又岂得尽以犬种称之？尝考《山海经》谓浙江出三天子，都在蛮东，在闽西北，则浙西为蛮，浙东南为闽审矣。闽之置郡，始于秦之闽中郡，然秦之闽中郡地大，实兼得汉会稽、豫章二郡之半。扬雄《扬州箴》曰："闽越北垠。"夫东越在《禹贡》扬州域，而云"闽越北垠"，则闽越者，南越也。《文选·魏都赋》：吴蜀二子曰："仆党清狂，怵迫闽、濮。"是吴即闽也。张协《杂诗》云："闽越衣文蛇。"李善注引《苏武书》曰："越人衣文蛇。"是越即闽也。宋之问《早发始兴口诗》："候晓逾闽障，乘春望越台。"是韶州曲江亦闽也。李白《题元丹丘山居》云："朅来游闽荒，扪陟穷禹凿。黿缘泛潮海，偃蹇陟庐霍。"此盖用《史记·河渠书》"南登庐山观禹疏九江"之语，是庐、九之间亦闽也。独孤及《邕州马退山茅亭记》云："是亭也，僻介闽岭。"是岭南西道亦闽也。韩文公《送惠师诗》："尝闻禹穴奇，东去觅瓯闽。"又撰《胡珦神道碑》云："至闽南两越之界。"夫两越者，东越、南越也，而在闽之南，则会稽、豫章皆闽也。《史记》："吴太伯奔荆蛮，号曰句吴。"司马《索隐》云："蛮者，闽也。南夷之名，蛮亦称越。"则是古人合蛮、闽、吴、越而一之。若今时封畛攸殊，各有管辖，则不得竟以蛮为闽也。则又何必辞闽之名而不居，而自诩曰东越，曰冶南以为古乎？

常　成　二　公

韩公作《欧阳詹哀辞》云："闽越地肥衍，有山泉禽鸟之乐。虽有长才秀民，通文书吏事，与上国齿者，未尝肯出仕。今上初故，宰相常衮为福建诸州观察使，治其地。衮以文辞进，有名于时，又作大官，临莅其民，乡县小民有能诵书作文辞者，衮亲与之为客主之礼，观游宴飨，必召与之。未几，皆化翕然。詹于时独秀出，衮加敬爱，诸生皆推服。闽越之人举进士由詹始。"后人皆据此谓进士始欧阳詹，而声教实开自常衮。然考《闽川名士传》及《淳熙三山志》，则闽人之举进士，有薛令之、林藻，皆在欧阳前。而独孤及集中载《福州新学碑铭》云：
"闽中无儒家流，成公之始至也，未及下车，礼先圣先师，退而叹堂室
湫狭，教学荒隳，惧鼓箧之道寝，《子衿》之诗作，是以易其地，大其制，
新其栋宇，盛其俎豆。俎豆既修，乃以五经训民，考校必精，弦诵必
时。于是一年人知敬学；二年学者功倍；三年而生徒祁祁，贤不肖竞
劝，家有洙、泗，户有邹、鲁，儒风济济，被于庶政。"又曰："每岁二月上
丁，习舞释菜。是日，举学士之版，视其艺之上下，审问慎思，使知不
足，教之导之，讲论以勖之。八月上丁，如初礼。岁终，博士以逊业之
勤惰，覃思之精麄，告于公，敛其才者进其等，而贡之于宗伯。由是海
滨荣之，以不学为耻。公薨之二年，太常议以公尊教劝学，德洽荒服，
乃奏谥曰成。"_{此段删节原文。}按成公者，李椅也。大历七年，为福建观察
使，十年，卒官。常衮莅闽，在建中元年，则荜路蓝缕，李实导厥先路，
不自常始矣。今学宫特立常公祠，岁时专祀，以为兴文之报，而成公
祀典久缺。自李兰卿都转_{彦章}始为表彰之，都转以族望之裔，而亟为
此举，虽私而实公矣。

张宜刘升道

余喜搜访乡里旧事，曩有《钓游丛话》之辑，因细碎不能成卷，置
之箧中。兹山居多暇，复加甄录，存若干条，不忍竟以饱蠹鼠也。忆
宋刘敞《公是集》有《寄张宜诗》云："张君于礼乐，先进野人也。曩者
吾见之，大惊彼何者。须眉交苍白，被服必儒雅。故喜殷周间，不居
王郑下。诸士多及门，之子独在野。食有脱粟饭，出无款段马。乡间
行虽高，时俗知亦寡。昨闻修庠序，造士系陶冶。斯人宜聘起，可以
专楚梽。养贤须勤渠，风教随周舍。望君万里余，谁谓我心写。"注
云："福州人，教弟子数百人，多成进士者。"今吾乡士大夫，罕能注其
名，想此次续修省志，必已详列之矣。又记得亡友福清郭韶溪学正，
曾以刘升道之名询余，据云系其邑中名人。余无以答之。后偶翻宋
刘翌《瀼山集》中有《题水云亭刘升道福唐所居》七律云："沙合南台会
有期，沙边筑屋俯清漪。宋香陈紫丹成后，渭绿湘斑族盛时。长者时

怀流水念,老兄元爱白云知。一尘不到忘言处,云在青天水在池。"此明为闽人而作,但未详升道里贯,当时言福唐,不必专属今之福清。韶溪欲引为邑先辈之重,故殷殷考订耳。

陈　说

韩侂胄为相时,常招致水心叶适,已在坐。忽门外有漫刺求谒者,题曰"水心叶适"候见。坐中恍然,胄以礼接之。历举水心进卷中语,其客皆曰:"某少作也,后皆改之。"每诵改本,精好逾之,遂延入书院饭焉。出一《杨妃图》,令跋其后,索笔即书曰:"开元、天宝间,有如此姝。当时丹青不及麒麟、凌烟而及此。吁!世道判矣。水心叶某跋。"又出米南宫帖,即跋云:"米南宫笔迹尽归天上,犹有此纸散落人间。吁!欲野无遗贤,难矣。"如此数卷,辞简意足,一坐骇然。胄大喜,密语之曰:"自有水心在此,天下岂有两子张耶?"其人笑曰:"文人才士,如水心一等,不可车载斗量也。今日某不假水心之名,未必蒙与进至此耳。"胄然之,为造就焉。其人姓陈,名说,建宁人,后举进士。此见白珽《湛渊静语》。按汉长安庆虬之善为赋,尝作《清思赋》,时人不知贵也,乃托以相如所作,遂大重于世。梁张率常日限为一诗,年十六已得二千余篇。有虞讷者,见而诋之,率乃一旦焚毁,更为诗示焉,托云沈约。讷便句句嗟称,无字不善。俗人以耳为目,自古已然矣。

夏　得　海

泉州洛阳桥畔有夏将军庙,俗传蔡忠惠守泉时,因修桥遣醉隶夏得海入海投文,得醋字而返,遂于二十一日酉时兴工,儒者多斥其妄。按洛阳桥,托始于忠惠,醉隶事则系蔡锡,见《明史》本传,后人因蔡姓而误附于忠惠耳。《闽书》亦以此事属蔡锡,且记桥圮时,有石谶云:"石头若开,蔡公再来。"而《坚瓠集》、《名山记》皆以为忠惠事,并云:忠惠母先渡此江,遇风,舟将覆。闻空中有声呼蔡学士在,风遂止。

时母方有娠,心窃喜,发誓愿如果符神言,当造桥以济行者。后公守泉,遂奉母命成之。而附会者又谓吕洞宾遭劫时,避于忠惠处得免,乃谢以笔墨。公造桥时,以之书符檄,故能达海神。其说愈不经矣。今吾乡人讹诞语无根者,谓之夏得海,而不知蔡锡事载于正史,不必尽虚也。

循　　吏

吾乡循吏能开风气之先者,人第知唐之李椅、常衮而已,而不知六朝时已有虞愿及王秀之。《南齐书》载愿字士恭,宋明帝时为晋平太守,在郡不治生产,前政与民交关,质录其儿妇,愿遣人于道夺取将还。在郡立学堂教授。郡旧出蚺蛇,胆可为药,有饷愿蛇者,愿不忍杀,放之二十里外山中。一夜蛇还床下,复送四十里外山中,经宿复还故处。愿更令远,乃不复归。论者以为仁心所致也。海边有越王石,常隐云雾。相传云清廉太守乃得见。愿往观试,清彻无隐。后琅琊王秀之为郡,与朝士书曰:"此郡承虞公之后,善政犹存,遗风易遵,差得无事。以母老解职。"云云。又载王秀之字伯奋,为晋平太守。至郡期年,谓人曰:"此郡丰壤,禄俸常充,吾山资已足,岂可久留,以妨贤路。"上表请代,时人谓王晋平恐富求归云云。可谓清风亮节,后先辉映。独疑《淳熙三山志·秩官门》载王秀之而不及虞愿,吾乡省府志所论列亦寥寥,未免语焉不详,无以风动来者矣。

酷　　吏

《淳熙三山志·秩官门》载宋泰始六年,以晋平王休祐贪虐,不可莅民,留之京邑。又梁中大通五年,郡守臧厥,百姓谓之臧兽。吾邦酷吏实始如此。

飓　　风

《太平御览》九引《南越志》曰:熙安间多飓风,飓者,具四方之风也。一曰惧风,言怖惧也。常以六七月兴,未至前三日,鸡犬为之不鸣,大者或至七日,小者一二日。外国以为黑风。按此即南方之台,吾闽滨海各郡,每年春秋之交必有之,至每月间有者,俗谓之暴。或因以飓为飚,谓即暴之转声,则凿矣。

陈　　峤

吾乡相传有彭祖命长八百岁,七十犹是小孩儿之语,其原甚古。考《全唐诗》载陈峤暮年,仅获一名还闽,近八十。以身后无依,强娶儒家女。合卺之夕,文士悉赋催妆诗,咸有生黄之讽。峤亦自成一章,其末云:"彭祖尚闻年八百,陈郎犹是小孩儿。"是唐时即有此语,今小变之耳。

庆 城 寺 碑

福州庆城寺有二碑,一则《琅玡德政碑》,一则宋开宝七年刺史钱昱重修庙碑,皆备载王氏事迹。按欧阳《五代史》谓审知字信通,而碑云字详卿。考审知兄弟三人,长潮,次审邽,审知其季也。故军中呼审知为白马三郎。《新唐书》列传,潮字信臣,审邽字次都,其兄弟既不以信字为行。且信之义通于潮,详之义通于审,知当以碑为是。道光癸卯,余回福州祭扫,暇日至庆城寺,与僧滋亭谈禅。滋亭颇通内典,并喜询地方故实,且俶缕庆城寺源流。余告之曰:"尔闻乾隆二十七年此寺一奇闻乎?是年五月七日午时,郡城东北庆城寺释迦大像头忽断落坠地,拜石为之碎裂,且肩项皆削平,俨如刀斫。好事者蜂拥聚观,不知其故。陈畏民先生曼曾以诗纪之云:'漫道金刚不坏身,空门色相本非真。恒河沙内无穷劫,得卖头颅亦渡人。''宝月圆光笑故吾,荼毗原不判禅狐。想因未了涅槃债,更遇无情广颡屠。''无有余乘最上乘,心风动处灭传灯。太平早付云门棒,鼻孔于今摸着曾。''岂真亿万化身多,伎俩宁殊墨顶摩。思议已教人着落,猛回头亦奈如何。'"

高　凤

闽县有高凤者,以善卜名,遇物辄以意推,不专用《易》。前明弘治己酉,福州传用养鼎求占科名。凤曰:"君第一人也。"既而果然。或问其故,曰:"吾适剖椰子而用养至,其象解圆,当为解元。"又弘治戊午科,镇守内臣书一兴字,令凤占解元所在。凤曰:"尊意得无在兴化乎?但所书兴字从俗省写,其人在中,而八府俱下,必省垣矣。"及揭晓,榜首乃候官林克仁土元也。按乾隆丁卯,孟瓶庵师于榜前请人测字,以余茶书一"因"字于桌上。其人曰:"此为国中一人之象,君必为此科解首矣。"旁一友跃然曰:"我亦就此'因'字,烦君一测。"其人曰:"君此科恐无分,或后此有恩科,亦必中。盖彼'因'字系无心,君'因'字系有心,以'因'加'心',有'恩'字象也。"旁又有一友,以所执折扇拍桌曰:"我亦以此'因'字烦君一测。"其人敛眉蹙然曰:"君之扇适加'因'字正中,有困之象,其终于一衿乎?"后三君皆如其言。此人惜不传其姓名,殆亦高凤之流亚矣。

玉枕兰亭

今人熟闻《玉枕兰亭》之名,而不知其有三本。其一见《太清楼帖序》,云唐文皇使率更令以楷法摹《兰亭》,藏枕中,名《玉枕兰亭》;其二则宋政和间,营缮洛阳宫阙,内臣见役夫所枕小石有刻画,视之,乃《兰亭序》,只存数十字;其三则贾秋壑使廖莹中以灯影缩小刻之灵壁石者。率更、洛阳二本,余皆未见,惟秋壑石旧存福州旧家。按文待诏谓贾氏刻有二石,字画大小皆同,其一有"秋壑珍玩"印章,右军作立象而鬈心,其一坐而执卷,左有贾似道小印,即今福州本也。石高五寸,宽九寸,厚四分,旁微缺,内"会"字磨灭,"群"字、"石"字、"带"字、"流"字有损。萧蛰庵跋云:"康熙壬寅秋,余在长安,得之闽人之手。"盖因秋壑死后,石落在闽,及出闽,仍归于闽之人,亦异矣。近闻为陈鉴亭廉使观以重价购去,又不知何时复能归闽否耶?

五 经 中 式

乡会试有五经中式者，实吾闽开其端。洪武二十三年，黄文忠试南畿，五经题兼作，以违式取旨，特置第一，免会试，授刑部主事，此其始也。又《明史·选举志》载，崇祯甲戌，会试举人颜茂猷，通作五经，文帝许送内帘，中副榜，特赐进士，以其名另为一行，刻于试录第一名之前，则亦吾闽人也。自是以后，丁丑则江西杨重熙，癸未则浙江谭贞良、冯元飙，终明之世，不过此五人。国朝则指不胜屈，然闻其端者，以顺治丁酉乡试山东法若真为首，次则康熙丁卯顺天乡试海宁查嗣韩及吾郡林文英，此后吾闽乃无继响者。人才今不如古，此其一也。《陔余丛考》引《汇书》载宋时郑侠之父翚同五经出身。又大观二年，莆田黄泳以童子赐五经及第，则此事自宋时即系闽人擅其长矣。

督 学 屡 易

乾隆丁酉，吾闽督学使者李公友棠，以前台湾御史任内挂误，被召入都。继则范公思皇，莅任数日，即丁艰去。庄公培因，亦以父忧回籍。时录遗属巡抚吴公士功摄其事，其未经科试者，尚余福州、福宁两府。九月后，前汪公廷玙复来成之。汪以甲戌督闽学，丙子夏丁艰回籍。盖自丁丑至己卯，三年之内，学使者凡四易。是时考试章程凌杂，有先乡试而后科考者，福州、福宁两府，于己卯乡试后十一月补科考。有未乡试而即岁考者，福州、福宁二府，于己卯场后入泮者，即于庚辰夏间岁试。有未簪挂而先录遗者，庚辰恩旨开科，福州属七月岁考，场期迫促，于七月末通考令省遗才，八月初二日，本府属新生始行簪挂。又有学政以午后入文庙行香，提调以初更传即夜簪挂者。汪公牌示六月二十日文庙行香，至期，以夫人染恙，承命候医，逗留不敢出。逾午，黑云四起，诸生散者大半，汪公始出，以为不恭，草率了事而回。是年簪挂，本示期八月初二，郡伯以监临赴贡院验工，欲前往伺候，遂于初一夜初更，传新进即夜赴府簪挂，胥斗持火炬沿门呼唤，率以各学人数参差，不克成礼。**陈畏民《杂录》详纪之。**

荔　枝

侨居浦城日，余婿邱乙楼由福州飞寄鲜荔枝两篓，色香味尚未尽变，曾作诗谢之云："何烦绛雪与玄霜，涤暑仙丸远寄将。挹尽西禅侵晓露，闻于西禅寺侵晓摘下，即装笼登舟。分来南浦满庭芳。似怜呫墨吟喉渴，巧助称觥鞠腶行。时届余七十贱辰前数日。遍与轻红开口笑，好添诗话笔花乡。"时以遍贻浦中亲好，金曰此数十年来口福也。有以贡荔枝故事为问者，余杂考各书，应之曰："《后汉书·和帝纪》载，旧南海献龙眼荔枝，十里一置，五里一候，死者继路，因临武长唐羌上书言状，乃诏罢之。此粤东贡荔枝之始。《唐书》载杨贵妃好荔枝，南海岁贡荔枝，飞驰以进；然方暑而熟，经宿辄败。亦指南海言之。《金史·世宗纪》：'上谓宰臣曰："朕尝欲得荔枝。"兵部遂于通路特设铺递，顷因谏官黄久约言，始知之。'则未言贡自何地。惟《淳熙三山志》云：'生荔枝，绍兴初始贡，至二十四年，因罢贡温州柑，亦令不得供进。'注云：'宣和间，以小株结实者置瓦器中，航海至阙下，移置宣和殿。'此吾闽贡荔枝之故事。今道光元年，福建巡抚颜惺甫检始奏罢之。"

皂荚树石榴实

家曜北处士《瞥记》云：《稽神录》载泉州文宣王庙有皂荚树，每州人登第，则先生一荚。贞明中，忽生一荚半，其年陈逖进士及第，黄仁颖学究及第。《海录碎事》载，邵武郡庭有石榴一株，士人以结实之多少为登科之信。熙宁庚戌，有双实于木末者，又有附枝而双实者。是岁叶祖洽、上官均名在一二，何与均兄弟同榜。祖洽有句云："不负榴花结露枝。"杏林、桂树，陈陈相因，从未见使此二事者。

鼓　楼　刻　漏

福州城中鼓楼，相传旧有刻漏壶，应时升降无爽，今则只设十二时木牌,需人更换矣。闻旧物为周栎园先生取去,不移时,亦沉于海。《三山志》云:熙宁二年,程大卿师孟为郡守,始作铜壶滴漏,设于威武军门。而《福宁志》又以为宋末陈石堂先生所制。石堂名普,字尚德,宁德人,精律吕玑衡之学,以宋遗民不受元聘,隐居授徒,岿然为后学师表。盖创者程,而修者陈欤?

陈实百问策

莆田陈实,字吉生,负气奇杰。为诸生日,上司某谒文庙,属实赞礼。时天大雨,某官拟拜阶上,实高声唱曰:“拜下,礼也。”某官遂冒雨下阶。拜已,升明伦堂,听讲令。实讲《大诰》,盖难之也。实高声唱曰:“礼读《诰》律,在坐者当立听。”众官俱起。实展《诰》详缓读之,复详为解说。某官竟不得坐,听毕,默默而行。实于永乐四年登林环榜进士,负才不相下,疏言取状元不公。成祖召诘之,对曰:“臣百问百答。”成祖命解缙发策,以七十二贤,贤贤何德,二十八将,将将何功为问。成祖临轩对试,顷刻间条对详悉,文彩可观,而环亦悉对无遗。乃罪实发戍三边,其军由曰廷争状元云云。事载《闽书》。实策载《福建通志》,实杰构也。

麻　沙　书　板

麻沙书籍,前代盛行。宣德四年,衍圣公孔彦缙欲遣人以钞往福建市书,虑远行,不敢擅咨。礼部尚书胡濙以闻,许之,并令有司依时值为买纸,摹印工力,亦官给之,即此可见吾闽书板之富有,他省所不及者。弘治十二年,吏科给事中许天锡言:“今年阙里孔庙灾,迩者福建建阳县书坊被火,古今书板,荡为灰烬。上天示戒,必于道所从出、文所萃聚之地,乞禁伪学,以崇实用。”云云。下礼部议,请敕巡按、提学将建阳书板大为釐正。又嘉靖五年,因建阳书板字多讹谬,巡按御史杨瑞、提调学校副使邵铣疏请专设官第,于翰林春坊中遣一人往较,寻遣侍读汪佃行。此皆麻沙书坊故事,吾闽志乘罕及之。兹从

《礼部志稿》中录出，以备续修者采择焉。

书詹元善遗集后

此浦城朱清如广文秉鉴所编，时祝东岩方辑浦城遗书，广文急欲附见所著，因克日成此。余门下士詹捧之为元善后裔，欲重梓是集，属余校勘，则原辑义例，实未允惬。如卷首第一篇为《宋史》本传，第二篇为真文忠公所撰行状是矣，而第三篇即次以县志。县志系现在所修，录县志不如录《福建通志》。《通志》为一省官书，曾经进呈，既录《通志》，则不必再录县志矣。元善初后其舅张氏，后乃复姓詹。此大关节，集中不一见。其同时叶水心適为墓志，叙复姓事甚悉，急应录于真公行状之后，以补史传之疏。苏州郡学有绍熙元年同年酬唱诗，刻中有浦城张体仁七律一首。张体仁即元善，作此诗时，尚未复姓耳。集中所录数诗，皆取自詹氏家谱中，他无所见，而此诗有石刻可征，转未采及，漏略可知。而最可笑者，语录数条中乃采及范紫登《四书体注》，此所当急为删汰者，捧之其应自知之矣。按道光戊子、己丑间，余藩牧吴中，任苏抚者为安化陶云汀澍，苏郡丞为遵义王香湖青莲，掌苏州松江两书院者为歙县朱兰坡赞善珔、华阳卓海帆京兆秉恬，里居者为吴棣华京卿廷琛，皆以壬戌同年，往来无间，遂有《吴中唱和集》之刻。香湖征余序，因为搜求故实，知苏郡学有宋绍熙间同年酬唱诗石刻，嘱香湖拓纸读之。按是事在绍熙元年，首唱者为袁起岩说友，和之者为张元善体仁。时袁以提刑为浙宪，张以提举司仓庾，苏州即浙宪治所，故为吴中同官，且皆吾闽人；余以次和者为成仲邻钦亮、唐致远子寿、胡国敏元功、王文钦艺，均署胥堂；赵景安彦暖、中玉彦卫、从简彦真，均署浚仪，三人皆宋宗室也；又周晞稷承勋，署桐川；陈光宗德明，署三山；章仲济瀸，署浦城。考张体仁，即詹体仁，《宋史》有《詹体仁传》，叶水心尝为体仁志墓，述及改姓，而本传失书，史之疏也。嘉庆中，浦城有辑《詹元善遗集》者，但从《詹氏族谱》中录出数诗，而不及此，殆亦未知詹、张之为一人，其辑《柘浦诗钞》亦然，且皆不知有章瀸其人。瀸既与袁、詹同年，当为宋隆兴元年本待问榜进士，此石刻又明著其为浦城人,而遍检吾闽志乘选举门,前后并无章瀗之名,即厉樊榭撰《宋诗纪事》,自谓搜辑之勤,而于詹元善、章仲济此诗亦未之见,记载之难如此。近钱竹汀先生作《养新录》,始于此刻有所论定,惟王文钦误作文卿。又言惟子寿不署里居,以《吴郡志》证之,亦是吴人,则石刻中唐致远子寿,显与成仲邻、胡国敏、王文钦同系胥台,何竹汀先生亦熟视而无睹耶?今备录石刻中十二人诗,以补《宋诗纪事》之缺。而余年来搜辑闽中宋诗,又藉此补入袁起岩、张元善、章仲济三家。然则金石文字之可贵,欧阳公所谓集古为有益者,真不虚也。

武　夷　山　志

癸卯夏间,杨雪茮光禄_{庆琛}致仕归田,小住浦城,独游武夷,归为余述游事,并问《武夷山志》以何部为佳,余曰:"我只阅得董天工一志尚详悉,然有不可尽信者。如云控鹤仙人名属仁,尝驾鹤至武夷。时魏王子骞与张湛等祷雨龙潭,仙人适至,骞等具恳,遂获甘霖,湛因献诗云:'武夷山上武夷君,白马垂鞭入紫云。空里只闻三奠酒,龙潭波上雨纷纷。'据萧子开《建安记》载,湛献诗乃沈韵唐体,当是宋绍圣间祷雨于武夷君,道流迎神送神之曲,误为湛诗。余编山志,初亦删削。忽一夜梦一仙骑鹤悬空而至,黄发束髻,面长枣色,两夹辅有卷须,全身鹤羽,问余曰:'闻子修山志,湛与我诗载否?'余应曰:'载矣。'仙曰:'此真诗也。前志、后志或削去,误矣,今载便是。'但闻鹤羽淅淅,从空而去。按此事说梦荒唐,未可执以为据。故余所辑《东南峤外诗钞》不录此诗。而如《汇书》所引《武夷山记》云:'武夷君命宋小娥运居巢。'又《真仙通鉴》云:'吕真人、钟离先生会武夷山,谢英妃抚长离。注:霜栗也。'又《武夷记》:'武夷君食沙红鲑,注:虾也。食石蚵臁。注:小蟹也。'此皆旧说相传,而董记转遗之。"

建　阳　二　宝

黄璧庵刺史_{文瑄}云:建阳虞氏家有二宝,其一为连环竹圈二枚,大如杯口，厚约二分。两圈连环相套，欲析为二，须藏于衣底，得暖气则分；欲合为一，亦于衣底连之。其年建阳火灾，虞氏析此圈，一执于手，一掷于空际。顷刻有光一圈，渐大如屋，遂覆所居。四围邻家皆毁，虞宅无恙。旋执手中之圈，于灰中寻所掷之圈，合之如故。其一为绢本画一轴，铜盆一具。其画已霉黑，虽置极明处，亦无所见。贮水于盆，悬画于壁，俯视盆中水，则画中山水、屋宇、竹木悉现，牧童、樵子皆能行动，纤毫毕露。璧庵馆于虞宅，曾亲见之。璧庵笃实人，所言当不妄。余侨居浦城，距建阳百余里，尝以询其邑人，俱不能详。近璧庵亦已归里，惜卧病不能出，无由再质之。或疑此语断不可信。余谓天下奇物，未可以目所不见决其必无，既谓之宝，自有非意计所能测者。说部中有载外岛意达里亚之罗玛城中，有流觞曲水，铜铸群鸟，遇机一发，鼓翼而鸣，各具本类之声。又云西齐里亚岛，有天文师名亚而几墨得者，尝遇敌驾数百艘临其岛，则铸一巨镜，映日注射敌艘，光照火发，一时烧尽。又其王造一大舶成，将下海，牛马骆驼不能运，几墨得用巧法，第令王一举手，舟如山岳转动，须臾下海无阻，此自不可信。若辛弃疾《南烬纪闻》载契丹主耶律延禧语二帝曰："我祖真宗在日，有百穴珠一颗，大如鸡卵。每穴有珠一颗，月圆之夕，以珠映之，其珠自穴中落下，以绛纱承之，每月可得珠百颗。又有通香木一尺，沸汤沃之，取其汁洒衣服及万木花卉屋宇间，经年不歇。人有奇疾，服之即愈，烧之降天神，香闻数百里。当契丹为金所灭，二物不知所在。"世间果有此奇物乎？然亦无以断其必无也。

承 天 寺

泉州承天寺，异迹甚多。寺中有九十九井，相传一僧畜异志，欲掘百井以为兆，后功亏其一而止。井上筑石塔数处，凡苍蝇飞集塔上，无论多少，头皆向下，无有小异者。山门口有梅花石，石光而平，中隐梅影一枝。每年梅树开花时，影上亦有花；生叶时，影上有叶；遇结子时，影上有子；若花叶与子俱落之时，则影上惟存枯枝而已。寺中又有魁星石，近视无物，远望如一幅淡墨魁星图。至天将雨时，石上绽出水珠,亦俨然结一魁星形也。此缪莲仙《涂说》所载,惜屡晤苏鳌石,皆忘却一问之。

小李将军画卷

浦城周仪轩运同凤雏家藏旧画,卷首有宣和瘦金书"唐李昭道海天旭日图"九字一条,下有御押。忆余在吴门曾见小李将军《海天落照图》长卷,画法与此卷一同,惟其入手去路皆不甚分明,跋尾亦有疑义。而索值且昂,遂置之。按各家谱录,只有小李《落照图》,并无《旭日图》之目。《落照图》亦宋秘府物,尝入贾秋壑家。前明藏琴川刘氏,历有源流,而此卷无考。然卷前宣和字押的是真迹。卷中烟霞缥缈,钩勒精严,亦纯是武卫家法,断非宋以后画手所能仿为。惜不及数尺,即绌然而止,知尚有后半幅,为人割移,别作一卷以售欺。卷后赵松雪所书《海赋》及邓巴西、袁清容、吴匏庵诸跋,并属伪迹,更不待言矣。余于嘉庆癸酉冬,携家北上,小住浦城,曾从仪轩借观一过,未经谛勘。仪轩富于收藏,实自以此为甲观也。道光壬辰,得请归田,复过浦城,时仪轩已逝,其二子苣源广文、甘亭孝廉出此求跋,亦匆匆未暇以为。今年秋,复得告归,大有卜居是邦之意。客窗多暇,乃与苣源等发箧纵观,再四审视,因颀缕书此而归之。自幸前后三十年,眼力颇有所进,不虚此一段翰墨缘。且愿苣源昆仲,就现存之迹,剔去卷后各伪跋,重加潢治,以无负此唐人妙迹,庶可于无佛处称尊云尔。壬寅十月望后记。

文衡山书赤壁赋册

陈无轩《寓赏编》载文衡山前、后《赤壁赋》行书册,称为浦城祖君莪在藏本,盖即吾师舫斋先生之封翁也。余于嘉庆戊辰、己巳间,掌南浦书院讲席,日侍舫斋师谈宴。彼时未读《寓赏编》,不知吾师家藏此迹,未曾请观。今侨居浦城,吾师早归道山,虽知有此迹,而无由过问矣。翰墨之缘,即一寓目而亦不可强如此。按苏文忠有自书《赤壁赋》本，今三希堂已为摹刻。朱子云："'盈虚者如代'，今多误作'如彼'，尝见东坡手写本作'代'。"乃今三希堂所刻，则仍作"如彼"，岂朱子所见又别一本耶？然三希堂本"而吾与子之所共适"，"共适"作"共食"，又不可解。又按坡公《跋龙井题名记》云："予谪黄州，参寥使人示以题名，时去中秋十日，秋涛方涨，水面十里，月出房心间，风露浩然。所居去江无十步，独与儿子迈棹小舟至赤壁，望武昌山谷，乔木苍然，云涛际天，因录以寄。元丰三年八月记。"此公第一次游赤壁也。元丰三年为庚申，越二年为壬戌，始再游赤壁，今人只知后二游而已。

卷四

黄 忠 端 公

　　吾乡黄石斋先生为千古伟人,初不知其生前如何风采,余曾得其《待漏图》画像,则恂恂道貌,蔼然可亲,绝无一毫凌厉气概。相传石斋先生就逮时,门人多相随,石斋一再辞之曰:"我为大臣,义宜死,诸君无为也。"犹不去,石斋乃曰:"诸君践土食毛,义亦可死;但未食禄,亦可以无死。今与诸君诀,甘殉难者止,否则各有父母妻子,毋为冒不测也。"众乃泣别,惟七人愿从,江西四人,福建三人。是时遭逢仁恕,令前代遗臣梗不服者,得请方行刑,毋许专杀,由是石斋师徒皆下狱以待。石斋入狱即绝粒,大帅忧其毙毙也,百方进食饮,皆不顾。乃募漳人之贾于江宁者至狱,以乡情相慰藉,犹不食。于是邀与游于市,入饭肆,强之,不可,乃入酒肆,共酌以献。石斋曰:"酒以合欢,今乡井相聚,小饮可乎? 但必无过三爵。"众皆喜诺,遂饮三爵。更一肆,则又三爵,以此阅数日不至于毙。及就义之晨,二官入谒,拜如仪,曰:"为公送喜。"石斋曰:"国破君亡,何喜之有?"二官曰:"已得请,许公就义矣。"石斋笑曰:"是诚可喜,但汝辈安能解此。"因历数二公之家世阀阅,而呵其罪。二官皆浃背而去。顷之,石斋乘小车出,七人从。中途,石斋返顾后车,七人者皆无人色。石斋笑曰:"怖乎? 忍一刻即千秋矣。"七人皆应曰:"然。"比至西华门,石斋忽坠车下,一指挥趋进掖之,且慰曰:"毋恐。"石斋瞋目叱之曰:"是何言欤! 天下岂有畏死黄道周哉? 此地为辇路所经,吾不可以乘而过,因绝食足弱,下而致仆,吾何恐哉!"指挥愕然易容,因跪曰:"此地万人瞻仰,公又困惫,即就大事可乎?"石斋四顾曰:"善。"遂命布席,南向拜讫,一老仆请以数字贻家,石斋踌躇曰:"无可言者。"固请,乃裂衣襟,啮指血曰:"纲常万古,节义千秋,天地知我,家人无忧。"七人者亦血书一幅云:"师存与存,师亡与亡。"石斋体故昂藏,立而受刑,又义风凛凛,行刑者手栗,刃下不殊。行刑者大悸,急跪曰:"公坐。"石斋颈已中刃,血淋漓,犹颔之曰:"可。"乃坐而受刑焉。其时大帅亦闽人也,大书牌云:"伪阁部黄某首。"巡示沿江。一兵以他首易,而匿藏之古墓中。后数年,石斋子至江宁求遗骸,有以兵事告者。其子诣之,兵款至浃月,乃与到古墓,取匣开视,面尚如生,遂以归葬。《榕村语录》所载如此。

洪 文 襄 公

相传洪文襄公承畴,当明崇祯十四年松山被陷时,京师传闻公已殉难,崇祯帝辍朝赐祭。其子在京,成服受吊,撰行状,送诸公卿矣。方祭第九坛,而公生降之信至,遂罢祭,而行状已遍传人间。归本朝二十一年乃卒,其家再成服受吊,撰行状,不复叙前朝事,但自佐命入关起。有好事者,尝得其前后两行状,订为一本。然公自顺治元年入关,为内院大学士,次年即出驻江南,以次削平逋寇;后再出为楚、粤、滇、黔诸省经略,西南底定,其功亦伟矣。当顺治九年九月,钦天监奏太白星与日争光,流星入紫微宫者,内大臣等议,请驾往边外迎达赖喇嘛。公率同大学士陈之遴,疏称:日者人君之象,太白敢与争光;紫微宫者,人君之位,流星敢于突入。上天垂象,诚宜警惕。且今年南方苦旱,北方苦涝,岁饥,处处入告,非圣躬远幸之时。达赖喇嘛自远方至,遣一大臣迎接,已见优待之意,亦可服蒙古之心,何劳圣躬亲往。疏入,遂止。此事已载《国史列传》,则公当日立朝之概,亦可想见矣。

又闻吾闽各郡,在京皆有会馆,泉、漳两会馆本系合一,乡谊最睦。自国初洪文襄公入相后,公以南安籍,专拜泉馆同乡,而漳馆人遂不通谒。彼时泉馆人无论京宦、公车,无不所求辄遂,攸往咸宜;而漳馆大有集枯之感。一日,馆中人五六辈相与私议曰:"洪阁老虽不我顾,究竟不是别乡人,我辈一概不往修贺,毋亦于乡谊有阙。今泉馆人皆欣欣向荣,且有怂恿我辈先施者,姑尽吾礼可乎?"众以为然,遂于次日率同往谒。阍人传命曰:"既系同乡,亟应请见。但公事实难摆脱,稍暇即当出城谢步耳。"越日,即有军官来报曰:"中堂准于明日出城,到漳馆天后神座前拈香。"于是五六辈者饬馆役洁整神龛,洒扫庭院,具茶以待。届时,又有军官飞报曰:"中堂已出前门矣。"漳馆时在冰窖胡同,距大街不远,于是五六辈者,皆具衣冠步出大街肃迎,各于舆前一揖,公在舆中一拱,而舆已飞过。人马喧腾之际,五六辈者竭蹶步随。甫入馆门,见公拈香已毕,请诸位登堂叙话。则见铺陈粲烂,灯彩辉煌,地罽堆花,茶香扑鼻,皆耳目所未经。公数语寒暄毕,即起登舆。五六辈者又急出街口肃送毕,徐步而归,则依然旧日门庭,适所见者,全无踪迹,惟神座前两行绛蜡,一炷藏香而已。于是同人皆惘惘相对曰:"顷莫非一梦否?"呼馆役询之,亦曰:"我随诸位往复迎送,且茫不知前后之何以改观也。"既各归房中解衣,则各卧床中皆安设元宝库银一个云。按此龙溪李述堂太守威所述。呜呼,公之干略,即此可觇其概。盖实有古今人所不能及者,宜其自惜其身,以不枉其才也。

李 文 贞 公

安溪李文贞公,当耿逆构难时,有蜡丸告变之功,吾乡人至今德之。惟陈省齐先生梦雷因此与公有隙,其绝交书中斥之不遗余力,揆之当时情状,恐不尽然。文贞学养之粹,定不出此。读《榕村语录》自记之语,当得其实,附录于此,以待论定云。

人当大惊惧时,切不可就处置事,此时非本心之正,若以事机不可缓,因旁言乱听,急忙应之,十件十错。某自经郑寇、耿逆之变,身尝试之。当郑寇披猖时,欲招某出,某不应,遂致怒,声言欲祸予家。彼时若一言稍靡,便贻名节之羞;若过抗,便可殃及父母,某只不动声色。数日后,有王友者问某作何计,某曰:"仆不过一穷百姓,彼若欲得而甘心者,遣一役来牵之而去,即与见面矣。"友曰:"招之不见,牵之而见,可乎?"某曰:"招之无可见之礼,牵之有可见之义。何也?招之而见,不为殿下臣,必为座上客;牵之而见,则为簿下囚矣。"友曰:

"见面奈何?"某曰:"若能以礼待,则从容告以实情,仆非明之臣子,而实我朝之词臣也。倘为不才,便不足用;如以为贤,未有贤而失节者。彼于明家失节之人,皆杀之流之,则仆之不宜为用明矣。如虑仆有别图生变者,请侍老父老母携妻子傍城而居,教童蒙度日可矣;若彼赫然而怒,发淡水洋,亦命也。"王友为之称善,其后竟得瓦全。倘仓卒应之,则心气惊惶,思虑未能周到,刚柔缓急之间,皆足以偾事致祸矣。

李文贞公逸事

安溪李文贞公之先代,本聚族乡居。国初时,有剧盗亦姓李者,欲占据其乡,已挈党踞李氏祠堂,索供钱米。李氏族人惶惶,日聚祠门外商议。时公方九岁,随其封翁杂立稠人中,为盗魁所见,呼其进祠,抚摩而噢咻之,并假封翁以词色。一日,忽谓封翁曰:"你此孩子让与我,我便挈众他往,誓不相犯。"封翁不知所答。时族众已共闻此语,群哀恳于封翁曰:"此事固非人情所堪,但为保族起见,功德莫大;况此子岐嶷,他日未必不复归,愿熟思之。"封翁无可奈何,私以问公,公毅然曰:"惟父所命。"众大欢,盗魁亦喜甚。乃择吉日,与其妻高坐中堂,广张灯彩,令封翁领公行父子礼。盗魁本自有一子,少公一岁,遂令行拜兄礼。事毕,乃送封翁独归,而令公以父子相称。公不从,盗曰:"适已从矣,何顿改也?"公曰:"适遵父命,不敢不从;今父不在此,何从之有?"于是盗欲困之,扃置一室,而少与之食。翼日,入室视之,公殊无所苦。复闭其窗槛,以烟从外薰之一日夜,意必闷倒矣。启户觇之,则伏于地,蹴之起,阳阳如平常。盗之妻曰:"我相此子非凡品,困之实所不忍,且其福命甚大,即欲死之,亦势有所不能,不如竟舍之去,而以我幼子转托之。自古绿林无不败之局,我既与彼同姓,将来或借以延一线血食,亦未可知。"盗魁以为然。明日,遂召封翁,交还其子,并郑重付其幼子,使抚养之。刻日即统众盗他去。后盗果被获,覆其族,而其幼子附封翁,遂世其家焉。现在李姓族谱中别有一支,附于宗图之后者,即幼子所传也。呜呼,盗能相人,而其妻更能保族,所谓盗亦有道也。然非公之福命,何以臻此哉!此事闻诸泉州张莪圃观察_{慎和}。

又文贞公之墓,在安溪某乡。康熙间,有道士李姓者,利其风水。道士之女方病瘵,将危,道士告之曰:"汝为我所生,而此病已万无生理,今欲取汝身一物,以利吾门,可乎?"女愕然曰:"惟父所命。"道士曰:"我欲分李氏风水,谋之久矣,必得亲生儿女之骨肉埋之,方能有应,但已死者不甚灵,现活者不忍杀,惟汝将死未死之人,正合我用耳。"女未及答,道士遽以刀划取其指骨,置羊角中,私埋于文贞公之墓前。自后李氏门中死一科甲,则道士族中增一科甲;李氏田中减收若干斛,则道士田中增收若干斛。李之族人有觉者,亦不解其故。值清明节,村中迎张大帝为赛神会,彩旗导从甚盛。行至文贞公墓前,神像忽止,数十人舁之不能动。中一男子大呼曰:"速归庙,速归庙!"众不得已,从之至庙。男子据上坐云:"我即大帝神也。李公墓中有妖,须往擒治之。"命其徒某执锹,某执锄,某执绳索,部署既定,又大呼曰:"速至李公墓!"众如其言。神像疾趋如风,至墓,令执锹锄者搜墓前后。久之,得一羊角,金色,中有小赤蛇,昂首欲飞,其角旁有字,则道人合族姓名也。乃令持绳索者往缚道士。时公家族众亦至,鸣之官,讯得其情,置道士于法。李氏从此复盛,而奉张大帝甚虔。此事闻之漳州黄清夫侍御_照,今袁简斋《续齐谐》中亦载之。

陈 省 斋

吾乡相传国朝《图书集成》一书,成于陈省斋之手,实未核也。恭读康熙六十一年十一月谕内阁九卿等:"陈梦雷原系叛附耿精忠之人,皇考宽仁,免戮,发往关东。后东巡时,以其平日稍知学问,带回京师,交诚亲王处行走。累年以来,招摇无忌,不法甚多,京师断不可留,着将陈梦雷父子发遣边外。或有陈梦雷之门生,平日在外生事者,亦即指名陈奏。杨文有乃耿逆伪相,一时漏网,公然潜匿京师,著书立说。今虽已服冥刑,如有子弟在京者,亦即奏明驱遣,尔等毋得徇私隐蔽。陈梦雷处所存《古今图书集成》一书,皆皇考指示训诲,钦定条例,费数十年圣心,故能贯穿古今,汇合经史,天文地理,皆有图记;下至山川草木,百工制造,海西秘法,靡不备具:洵为典籍之大观。此书工犹未竣,着九卿公举一二学问渊通之人,令其编辑竣事。原稿内有讹错未当者,即加润色增删,仰副皇考稽古博览至意。"据此则《图书集成》之成帙,非省斋所能专其功,而省斋之负才跅弛,读此亦可见其概矣。

萧 蛰 庵

雍正六年六月,礼部议覆福建总督高其倬疏,言:"原任山西道御史萧震,于康熙十三年遭耿逆之变,与原任邵武府知府张瑞午等合谋讨贼,事泄身殉,妻妾媳婢同时死节。查张瑞午等,俱经予恤;萧震亦应照品级致祭一次,入功臣庙。其妻林氏、妾张氏、媳郑氏,俱应准其旌表,给银建坊,入祠致祭,其婢曾氏,限于名分,停止入祠。"疏上从之。按此事传闻异词,尤西堂《艮斋杂说》云:"侯官萧震,以顺治壬辰进士为大名府司理,擢御史,后巡盐两淮,家资巨富,与耿精忠有隙。及精忠叛,萧之内子和药劝其自尽,萧弗从,遂污,伪命为布政使。亡何,以事害之,腰斩东市,籍其财,得三十六万。康熙甲子,余至三山过其居,已废,问其妻子,无复存者,慨然悲之,作诗云:'人生富贵本无常,生缚摩诃事可伤。多少朱门皆白屋,空留燕子话兴亡。'震之愚乃不及一妇人,悲哉!"尤氏所记如此,然余又闻亡友谢甸男言:"萧蛰庵知耿变将发,北行至仙霞岭。耿藩使人遗以锦步幛,广可数亩。萧故豪侈,得幛即大征菊部,流连数日。逆谋成,遂被禽。其后死,以缳首在乌石山之邻霄台。先是,萧有句云:'但使桑麻成乐土,不妨诗酒上邻霄。'至是而乡人更'诗酒'二字为'尸首'。"则与腰斩东市之说殊矣。谢古梅阁学《小兰陔诗集》有《秋日登邻霄台吊萧蛰庵先生》四律,亦颇著微词。诗云:"秋风秋草越王城,缓步登楼吊古情。天为斯文留后死,山分片石待先生。西台鹓鹭存遗草,南土鲸鲵略盛名。魂倘归来天水黑,乱峰风木助悲鸣。""碑传百字擅才雄,幕府当年纪厥功。原注:公与当事修复道山古迹,镌崖勒铭,纪年月,颂功德,文不满百字,名百字碑,在邻霄台之右。能与名山开面目,独无奇计出樊笼。荒台草木千年恨,乐土桑麻一梦中。原注：台成日，公榜联曰："但愿桑麻成乐土，不妨诗酒上邻霄。"惆怅功名成往事，可怜文献泣西风。""衰草黄沙骨已陈，曾闻父老说能真。陈书不惮操吾肘，原注：时道山就废，公与会城绅士议兴复，致书督抚，言论俊侃，士论壮之。修史犹难赎此身。一剑可能酬国士，九原安得起斯人。山中猿鹤如相忆，侍御功名半是尘。""亭余故址委蒿莱，昔日风云罢酒杯。秦汉文章埋故土，曹刘名姓蚀苍苔。岘山羊泪魂应恋，塞上陵碑首屡回。欲告巫阳招未得，寒鸦数点夕阳来。"盖当时尚无定论也。

谢 古 梅 先 生

谢古梅先生道承书学褚河南，国朝闽人善书者，当以先生为巨擘。俗传其与狐女倡酬，所谓媚兰仙子者，其真伪不可考。然先生敦品励学，实为儒宗，一时罕有其匹。恭读乾隆五年六月十八日谕云："据大学士赵国麟奏称，谢道承在祭酒任内，训导有方，国学诸生因其升任，具呈恳留。朕思内阁学士，尚非繁剧之职，成均事务，可以兼摄。且从前邵基升任之后，亦曾行之。谢道承着仍兼国子监祭酒。"当时成均钦式如此，亦可谓信而有征矣。

蔡 文 恭 公

漳州蔡文恭公，承其世父文勤公之指授，髫龄中即以圣贤之学自奋。文勤为安溪李文贞公入室弟子，公以此得寻安溪轨范。我朝二百年来，闽人与爱立者，惟安溪与公两人。而公相业较安溪尤粹，朱文正师尝称蔡公直上书房四十年，其培养启迪于根本之地，最深且久。诸皇子孙曾辈，对公之容，莫不肃然蔼然，敬信悦服。公亦知无不言，而纯朴和易，能使人意融。文正师亦久直三天者，故能言之亲切如此。余最喜公致仕家居时，每遇巡检、典史，亦执礼甚恭。或以为过，公曰："欲使乡民知位至宰相，亦必敬父母官，知父母官之尊，虽宰相亦必致敬，庶几常存不敢之心，而犯上作乱者或鲜矣。"故终公之世，漳浦民无滋事者。闻公殁后数年，有某典史往乡捕人者，为公族众拥至蔡氏宗祠中,扃门押跪,笞四十而逐之。典史愤极,诉之漳州守,求伸冤。守问典史曰:"此冤必应伸,但汝以官为重乎,抑以冤为急乎?如肯以一官拚之,则我必能为汝伸冤;倘仍舍不得此一官,则请再自斟酌。"典史不言而罢。呜呼,此漳、泉之刁风所由日炽也。

张孟词贡士

张孟词名腾蛟,汀州宁化人。乾隆辛丑,朱文正师试汀州府属秀才,孟词文为幕客校阅者置劣等。师覆阅之,大加惊异,擢冠其军。翼日覆试,愈加赏识,召入署中授业,而幕客已于前夜袱被去矣。逾年,举乡试第一。自是师宦迹所至,辄与偕,爱之如子,他弟子莫能及也。尝寄孟词书云:"孟词年兄,近想起居日畅,彤廷对扬,五色云缦,蓬瀛高步,一鸣归昌,可胜颂耶?近作《漫兴试笔》中一绝云:'三千闽士校雄雌,第一应推张孟词。万锦云霞天上笔,双清梅雪岁寒姿。'盖纪实也,亦可知老夫之倾倒于足下矣。陛请如准,可馨积惊,诸雅裁不一。"后孟词于癸丑会试中式,磨勘停科,乙卯未及补殿试,卒于京中,年仅三十有八。孟词为人温而介,才高而苦学。尝欲取宋章如愚《山堂考索》、王伯厚《玉海》删益之为书,曰《山海精良》,未成稿如束笋。有骈体文数十首,没后为金兰畦尚书取去,今不知落何手,独存诗二十余篇耳。文正师得孟词死耗,寄家人书并诗云:"孟词不幸短命死矣,使我心灰气短。然则汝辈不能望其肩背,尚逐队会试,妄希进取,真不可不知足也。才如孟词,文如孟词,学如孟词,犹不得一进士出身,然则倘有侥幸成进士者,岂不愧耶?不得者又何憾耶?此较之蔡廷举、林澍蕃而更可悲憾十倍者也。目中所睹,止此一人,而不得大成耶?若阮云台之福慧双齐,何修而得此耶?自问我之无能为役,何叨忝耶?哭之四首,寄来与知孟词者看之,知而不知者,不必示也。杜牧之作《李长吉序》云:'不独地上少耶,天上亦不多耶!'吾于斯人亦云然。果昌谷为修文之长,宋玉为朱衣之职,尚可解吾愁耳。噫,或曰:天上绝不以文字为重,犹之云霞花草而已,则吾未如之何也已矣。呵呵,子侄孙均此,此心有感,故不他及。诗云:'不朽文谁

属,长吁天祝予。玉楼真促李,丹篆莫兴徐。华暂芬优钵,材偏耻寿
樗。空群标骏骨,伯乐痛何如。''忆昔乘槎日,抽桐出爨焦。九旬亲
拂拭,一响震空寥。辛丑校士至汀,搜落卷,得生作,大赏之,置第一。癸卯招至院中,指
授三月,遂举乡试第一。视尔真麟角,逢人说凤条。钟期犹未死,山海向谁
招。''心是幽兰素,人如大玉清。五车便炙辊,三箧富遗籛。润色吾
东里,研摩奏两京。生为余草《十全颂》进呈,特荷褒赍。眼中真国士,一第尚
虚名。'生未及补殿试而卒。'友于怜弱弟,郑重托遗编。魂返几千里,生离
倏五年。誓余登道岸,度汝上层天。苍昊如求士,呼空首荐贤。''慧
易题三界,才难赎百身。奇文应泣鬼,苦学亦伤神。玉局来因旧,云
旗去路新。苍茫司命意,老泪落斯人。'"纪文达师亦有哭孟词截句
云:"奇才不是不遭逢,却隔蓬山一万重。记得为君题繐帐,禹门已上
不成龙。"自注:"余为君作挽联有'和璧虽珍终在璞,禹门已上不成
龙'之句。"第二首云:"魂绕棠梨一树花,九泉应悔读《南华》。谁知入
眼黄金屑,缘我曾游卖饼家。"自注:"君卷被斥时,余引《公羊传》争
之,反激成其事。"第三首云:"秋坟鬼唱莫凄凉,埋骨青山朽不妨。一
代文章韩吏部,哀词原自吊欧阳。"自注:"谓石君诗也。"阮云台师哭
孟词云:"张孟词志趣高洁,风仪峻朗,博闻玄览,颖秀迈伦;所为文沈
博绝丽,有相如、子云之目,一时文人鲜与抗者。既乃甫中进士,未及
廷试而卒,宜石君师恸之深也。墨卿同年与孟词少齐名,交最深,今
摹其像,并装石君师诗翰于卷中,以寓悲慕之意。"元识孟词,为题短
句云:"奇士多文遇每难,玉山颓后玉楼寒。爱才欲望张文蔚,少慰儒
魂请一官。"自注云:"唐宰相张文蔚奏名儒不第方干等五人,请赐一
官,以慰其魂;近年如黄仲则、张孟词等,拟乞吾师请于朝也。"

郑苏年师

郑苏年师讳光策,字琼河,又字苏年,闽县人,与先大夫为读书社
至交,余之妻父也。少孤力学,古心自鞭,家贫不能就外傅,与同怀弟
云轩孝廉自相师友。姿禀岸异,髫龄老成,博综群书,规模宏远,登乾
隆己亥乡荐第二,遂为故太傅朱文正师入室弟子。既联捷成进士,以

不获馆选为歉，退候吏铨，仍下帷攻苦如下士。甲辰，恭遇南巡盛典，趋赴杭州行在献赋，与江浙绅士合试于敷文书院。监试者为故相和珅，独于御座下脚几坐收试卷，纳卷者必屈膝。先生侧目之，愤形于色，乃约闽士林樾亭、王兰江等六七人以长揖退。和珅衔之，遂束闽卷不阅。时江浙士皆窃笑之，先生洒然返里，不以为意，益肆力于学。尤喜读经世有用之书，自《通鉴》、《通考》外，若陆宣公、李忠定、真文忠，以及前明之邱琼山、王阳明、吕新吾、冯犹龙、茅元仪，本朝之顾亭林、魏叔子、陆桴亭诸公著作，靡不贯串，如数家珍。值林爽文滋扰台、阳，诣军门条上十二议，为福文襄节相所采用。及红旗既报，徐两松中丞往办善后事宜，又条上八议，福、徐二公并欲邀同渡海，以母老固辞。中年病足，濒危而复起，因自号苏年。绝意仕途，以授徒养母为事，主讲鳌峰，勤于训迪，严惮有法，人才奋兴。桐城汪稼门、高阳李石渠二中丞并钦慕之，谓不减蔡文勤风矩也。余以子婿为受业弟子，熟闻先生诲人宗旨，以立志为主。谓志定而后，教有所施。又不欲人急于著述，谓古圣贤之学，大抵先求诸身，既修诸身，即推以济于世，随其大小浅深，要必由己以及人，至万不得已，始独善其身，思有所存于后。故孔、孟著书，皆属晚年道不行后事。呜呼，先生之持论如此，故虽穷年矻矻，迄无成书，仅存诗古文十余帙，亦未编定，自题为《西霞丛稿》而已。嘉庆乙丑，余为辑《西霞文钞》上下卷，付友人梓行。其诗钞及俪体文钞，则已编而未梓。合文钞读之，先生之本末已见。近陈恭甫编修撰次《东越儒林文苑传》，近人如林钝村、官志斋、郑在谦、陈贤开辈，皆厕名其间，而先生独不与。因详为论列，以为捃逸，搜沉之助。或曰编修为孝廉时，曾修后进谒见之礼，先生素仰其文名，而欲进之于道，毅然以乡先达自居，勉之以修己之学，济物之功，而戒其毋以风流自赏，适中编修之忌，遂衔之不释。果尔，则编修亦褊人耳，所论撰又足据乎哉！

福建鼎甲

有明一代，吾闽登状元者十一人：闽县陈䢼、洪武丁丑。陈谨、嘉靖癸丑。侯官翁正春、万历壬辰。怀安龚用卿、嘉靖丙戌。长乐马铎、永乐壬辰。李骐、永乐戊戌。莆田林环、永乐丙戌。何潜、景泰辛未。永春庄际昌、万历己未。长泰林震、宣德庚辰。建宁丁显。洪武乙丑。榜眼十二人：闽县唐震、洪武戊辰。林志、永乐壬辰。长乐陈全、永乐丙戌。连江赵恢、宣德癸丑。晋江黄凤翔、隆庆戊辰。李廷机、万历癸未。杨道宾、万历丙戌。史继偕、万历壬辰。庄奇显、万历癸丑。南靖李贞、永乐乙未。建安龚锜、宣德庚戌。宁化张显宗。洪武辛未。探花十人：闽县陈景著、永乐乙未。莆田黄旸、永乐辛卯。林文、宣德庚戌。李仁傑、成化壬辰。戴大宾、正德戊辰。晋江张瑞图、万历丁未。龙溪谢涟、宣德丁未。林釬、万历丙辰。漳浦林士章、嘉靖己未。邵武吴言信。洪武辛未。然登政府者，仅李廷机、张瑞图、林釬而已，余则不惟少显官，亦多夭死。而陈郊、陈谨、龚锜，则又皆死于非命。本朝百有余年，未有状元而屡得榜眼。邓允庭先生启元授编修即卒；吴剑虹先生文焕散馆改部，转御史，遽引疾归；林青圃先生春校稍升至通政司副使，亦镌级去位；而赵秀山先生晋则且以科场事病死狱中。故林樾亭先生谓科名每与福命相妨也。近则廖钰夫鸿荃由榜眼累官至大司空，而道光丙申状元为林勿村鸿年，榜眼为何杰夫冠英，皆福州人，殆省运由此转机欤？

世　进　士

　　吾闽在前明有五世相联成进士者，兴化府一家，柯英中弘治己未科，英子维熊中正德丁丑科，维骐中嘉靖癸未科，维熊子本中嘉靖庚戌科，维骐孙茂竹中万历癸未科，茂竹子昶中万历甲辰科。四世相联进士者，吾郡亦一家，林元美中永乐辛丑科，美子瀚中成化丙戌科，瀚子庭棓中弘治己未科，庭机中嘉靖乙未科，廷棓子炫中正德甲戌科，庭机子燫中嘉靖丁未科，烃中嘉靖壬戌科。

兄　弟　进　士

　　前明吾闽同怀兄弟进士者，福州凡二十二家，而同榜者五家，洪武乙卯陈仲完、陈洵仁，永乐乙未刘凤、刘麒，林文秩、林文秸，成化壬辰林泮、林濬渊，嘉靖丙戌倪组、倪缉。兴化府十六家，而同榜者二家，成化丁未方良永、方良节，嘉靖癸未方一桂、方一兰。泉州府二十一家，而同榜者三家，弘治癸丑黄铭、黄鑅，嘉靖癸丑史朝宣、史朝富，万历庚辰谢吉卿、谢台卿。余则漳州府五家，邵武府一家而已，而同榜无闻焉。本朝则嘉庆壬戌叶申棻，乙丑叶申万，己巳叶申芗，及廖鸿藻、鸿荃皆福州人，惟廖为同榜云。

少年科第

闽在前代多少年登科者，福州林文秩年十四中永乐甲午科，林文秸年十三中永乐辛未科，兴化戴大宾年十三中弘治辛酉科，郑一鹏年十五中正德癸酉科，郑云鹏年十五中嘉靖丙戌科，泉州傅楫年十六中正德丁卯科，梁怀仁年十六中嘉靖乙酉科，李春芳年十六中嘉靖庚午科，王三接年十六中嘉靖癸卯科，黄日睿年十五中万历丁酉科，杨元锡年十五中崇祯癸酉科，漳州陈晧年十六中永乐甲午科，吕昊年十五中嘉靖丙午科。其十六岁以上者，则指不胜屈矣。然不若《三山志》所载宋大中祥符八年，连江黄鳌以六岁应童子举出身，又九年，福清蔡伯俙以四岁应童子举赐出身，更为稀有。

世解首

前明福州有父子解元者，长乐林赐中洪武癸酉科，及子侨中正统戊午科。兴化有三世解元者，黄寿生中永乐应天戊子科，及孙乾亨中成化甲午科，乾亨子如金中弘治甲子科。

三试巍科

前明福建有三试并擢巍科者：福州两家，林志以解元、会元而登榜眼，李骐以解元、会魁而登大魁；兴化二家，杨慈以乡试第一、会试第二,而登二甲传胪,戴大宾以乡试第三、会试第二,而登探花;泉州府两家,李廷机以解元、会元而登榜眼,庄际昌以亚魁、会元而登大魁。

同 榜 三 及 第

通前明一代,吾闽登鼎甲者三十三人,而同科并得尤为美谈。洪武辛未科,榜眼为宁化张显宗,探花为邵武吴言信;永乐丙戌科,状元为莆田林环,榜眼为长乐陈全;壬辰科,状元为长乐马铎,榜眼为闽县林志;乙未科,榜眼为南靖李贞,探花为闽县林景著。万历壬辰科,状元为侯官翁正春,榜眼为晋江史继偕。至宣德庚戌科,则状元为长泰林震,榜眼为建安龚锜,探花为莆田林文,一榜三及第,悉萃吾闽,洵为海滨盛事矣。近惟道光丙申科则状元林鸿年,榜眼何冠英,福州人。

会 元

前明吾闽登会元者,福州六人,洪武丁丑为闽县陈郊,永乐壬辰为闽县林志,乙未为怀安洪英,嘉靖壬戌为福清林春,乙未为侯官许毂,己未为闽清蔡茂春。兴化一人,永乐辛丑为莆田陈中。泉州四人,嘉靖庚戌为南安傅夏器,万历癸未为晋江李廷机,辛丑为同安许獬,己未为晋江庄际昌。延平府一人,隆庆戊辰为大田田一隽。本朝则惟顺治辛卯陈常夏一人。按陈常夏字长宾,又字铁山,龙溪人。榜后授米脂令,不赴,有《江园集》。里党罕能举其名者,率以为吾闽本朝无会元,失之矣。

宰 相 尚 书

吾闽在前明登政府者凡十七人,而泉州即有十人,建安杨荣,沙县陈山,福清叶向高,莆田周如磐、朱继祚、黄鸣俊,漳浦黄道周,其余李廷机、史继偕、张瑞图、杨景辰、黄景昉、蒋德璟、林顾楫、陈洪谧、刘麟长,皆晋江人,林釪,同安人,皆泉属也。本朝及今百余年,惟泉州李文贞公、漳州蔡文恭公二人而已。若前代福州官至尚书者,多至二十一人,而闽县林文安公家,则有三代五尚书之盛。瀚谥文安,廷㭎、廷机俱瀚子,爌、烃俱廷机子。本朝直至嘉庆壬申,浦城祖舫斋先生始晋大司寇,未逾年即以病去位。近则陈望波先生为大司寇,廖钰夫为大司空,或后此源源而来欤?

卷五

鳌　　拜

　　山中故人往来，每喜询朝中故实，以扩闻见。或问何为布库之戏，余谓布库是国语，译语则谓之撩脚，选十余岁健童，徒手相搏，而专赌脚力胜败，以仆地为定。康熙初，用此收鳌拜，故至今宫中年节宴，必习演之。或问鳌拜为何人，曰：国初勋旧，无不知有鳌拜者，迨后罪状昭著，而列圣犹曲加轸念，叠沛恩施。恭读乾隆四十五年谕曰："朕恭阅《实录》，见鳌拜以从征，屡立战功，历封公爵。圣祖仁皇帝嗣统，与内大臣苏克萨哈等，为辅政大臣，并加太师。是时皇祖冲龄践阼，鳌拜受事，以后即专权自恣，擅作威福。因与内大臣费扬古有隙，坐伊子倭赫，并侍卫西住折克图、觉罗萨尔弼等以擅乘御马及取御用弓矢射鹿罪，俱弃市，并坐费扬古怨望，亦弃市，并杀其子尼侃萨哈连，籍其家，以与其弟穆里玛。又苏克萨哈系鳌拜姻娅，亦以论事龃龉，积而成仇。因苏克萨哈籍隶正白旗，鳌拜欲以蓟州、遵化、迁安诸屯庄改拨镶黄旗，而别圈民地给正白旗。诏遣大学士管户部尚书苏纳海与直隶总督朱昌祚、巡抚王登联，丈量酌易，经朱昌祚等勘明，奏请停止圈换。鳌拜即坐苏纳海以拨地迟误，昌祚等以纷更妄奏，悉逮治弃市。且以苏纳海族人英俄尔岱为睿亲王私党，令部臣尽削世职，以泄其忿。并以苏克萨哈疏称往守陵寝，得以生全之语，即诬坐以怀抱奸诈、存蓄异心二十四大罪，应予磔死。皇祖鉴其诬，坚不允所请，鳌拜攘臂强奏累日，竟予绞决，并诛其族属。又入对时，辄请申禁言官，不得上书陈奏。时有窃鳌拜马者，即捕斩之，并杀御马群特长。皇祖以鳌拜党权不法，怙恶弗悛，用人行政专恣妄为，文武各官欲尽出伊门下，与穆里玛等结成党羽，凡事在家定议，然后施行，倚仗凶恶，毁弃国典，特降谕旨，严拿勘审，并亲加鞫问，情罪俱实。

诸王大臣拟请正法,皇祖念其效力年久,不忍加诛,从宽革职籍没,同其子那摩佛一并拘禁。迨伊死后,仍念其旧勋追赐一等男。皇考世宗宪皇帝御极后,赐鳌拜祭葬,复一等公,世袭罔替。是鳌拜一身之功罪,载在册籍,昭然不爽。朕惟大臣为国宣勤,功铭钟鼎,尤当深自敛抑,律己奉公,以保全终始。况以辅臣躬承顾命,翊赞机务,更宜小心谦谨,不可稍涉纵恣。乃鳌拜当日自恃政柄在握,辄敢擅权骫法,邀结党羽,残害大臣,罪迹多端,难以枚举。若非皇祖英明刚断,立予拿究,渐将跋扈难驯,政事亦不可问。至圈地一案,相持不决,百姓环诉失业,几至酿成大事。皇祖不即加诛,仅予褫夺,仍给男爵,已属格外之仁;至皇考复还公爵,时因念鳌拜旧劳,伊孙达福才具又尚可用,是以仍予施恩。盖于鳌拜擅权纵恣,固所熟闻,至其不法款迹,如《实录》所载,累累若此,未必一一胪悉也。今朕备稽事实,迹状显然,若不核其功罪,明示创惩,在鳌拜一家之侥幸所关犹小,而后之秉钧执政者,无复知所顾忌,将何以肃纲纪而杜金邪乎?所有现袭鳌拜公爵之德生本身,既无过犯,且令承袭,俟出缺时,即行停袭公爵,仍照皇祖所降谕旨,给予一等男爵,世袭罔替,已足以示国家法外施恩旧勋之意矣。"谨按康熙之元,上甫八龄,鳌拜正当国,恃其劳绩,肆行无忌。上早洞悉其奸,在内日选小内监,令之习布库以为戏。鳌拜或入奏事,并不之避,且以朝廷弱而好弄,心益恬然,无所顾忌。一日入内,忽为习布库者所擒,十数小儿立执鳌拜付外廷,遂伏诛。以势焰熏灼之权奸,乃执于十数小儿之手,如此除之,行所无事,非神武天授,其孰能与于斯?

噶　礼

旧闻吾闽赵二令太史_晋典试江南,以关节破案,实与总督噶礼朋比为奸。又苏抚张清恪公_{伯行},因此事与噶礼互揭,罪几不测,惜未详其颠末,后询之史馆诸公,始笔记之云。

噶礼由荫生历官吏部郎中,康熙三十五年,圣祖仁皇帝亲征噶尔丹,至克鲁伦河,噶礼随左都御史于成龙督运第一起兵粮,叙功升盛京户部理事官。不三年,遂授山西巡抚。噶礼曾以霍州牧李绍祖保题潞安守,及绍祖使酒自刭,匿不以奏,吏议革噶礼职,奉旨留任。御史刘若鼒疏劾噶礼贪婪无厌,虐吏害民,计赃数十万两。知府赵凤诏为噶礼心腹,专用酷刑,以济贪壑,下噶礼回奏,得辩释。平遥民郭明奇等,以噶礼纵庇贪婪知县王绥赴巡城御史呈控,事闻,且列款入奏:一、通省钱粮,每两索火耗银二钱,除分补大同诸处亏帑外,入己银共四十余万两;一、指修祠宇,用印簿分给通省,勒捐入己;一、纵令汾州同知马遴婪赃分润;一、令家伶赴平阳、汾州、潞安三府,勒取富民馈送银两;一、因词讼索临汾、介休富户亢时鼎、梁湄银两;一、纳知县杜连登贿,许调缺,及连登以贪婪被揭,复曲加庇护;一、隐匿平定州雹伤不报。请究赃治罪,又下噶礼回奏,亦以无左证获免。旋内迁户部左侍郎,复外擢江南、江西总督,历疏劾罢江苏巡抚于准、布政使宜思恭、按察使焦映汉、督粮道贾朴、知府陈鹏年等。及张清恪公抚江苏,以事积忤噶礼。至是公发辛卯科场不公事,正考官副都御史左必蕃亦检举知县王曰俞、方名所荐之吴泌、程光奎二名,平日不通文理。上命尚书张鹏翮赴扬州会审。张与噶互相疏劾。上复命张鹏翮会同总漕赫寿查审覆奏,噶礼免议,张伯行革职赎徒。上切责张鹏翮等掩饰和解,瞻徇定拟,遣尚书穆和伦前往覆谳,仍如所拟定议。得旨:"噶礼屡次具折参张伯行,朕以张伯行操守为天下第一,断不可参,手批不准之谕旨现在,此所议是非颠倒,下九卿、詹事、科道会议。"复谕九卿等曰:"噶礼操守,朕不能信,若无张伯行,则江南地方必受其朘削一半矣。即如陈鹏年稍有声誉,噶礼久欲害之,曾将其《虎邱》诗二首奏称内有悖谬语。朕阅其诗,并无干碍。又曾参中军副将李麟骑射俱劣,李麟在口内迎驾,朕试彼骑射俱好,朕于是时已心疑噶礼矣。互参一案,初次遣官往审,为噶礼所制,不能审出。及再遣大臣往审,与前无异。尔等诸臣,皆能体朕保全清官之意,使正人无所疑惧,则海宇长享升平之福矣。"寻九卿等议:二人并任封疆,互相讦参,有玷大臣之职,均应革任。上命张伯行留任,噶礼革职,于是天下快之。未几噶礼之母叩阍,称噶礼与弟色勒奇、子干都置毒食物中,谋害伊命,噶礼妻以别户子干泰为己子,纵令纠众毁屋,噶礼携资财与妻子移居河西务，奸诈凶恶，请正典刑。下刑部鞫讯得实，拟将噶礼凌迟处死，妻论绞，色勒奇、幹都并斩，幹泰发黑龙江，家产入官。得旨：噶礼令自尽，妻亦从死，余悉如部议。

隆 科 多

仁庙升遐之日，大臣承顾命者惟隆科多一人。是以宪庙恩遇极隆，亲政之初，谕隆科多应称呼舅舅，嗣后启奏处，皆书写舅舅隆科多。谨按隆科多为孝懿仁皇后父佟国维之子，袭公爵，官吏部尚书，加太保。后以四十一款重罪应诛，雍正五年狱成，奉旨免其正法，于畅春园外造屋三间禁锢，死于禁所。狱词载隆科多私抄玉牒，收藏在家，大不敬之罪一；将圣祖仁皇帝御书贴在厢房，视为玩具，大不敬之罪二；妄拟诸葛亮，奏称白帝城受命之日，即是死期已至之时，大不敬之罪三；盛京兵部主事玛岱之事，屡奉圣谕，隆科多明知干犯，复行安奏，大不敬之罪四；皇上赏银三千两，令修理公主坟墓，隆科多迟至三年，竟不修理，大不敬之罪五。仁庙升遐之日，隆科多并未在御前，乃诡称曾带匕首，以防不测，欺罔之罪一；狂言安奏提督之权甚大，一呼可聚二万兵，欺罔之罪二；时当太平盛世，臣民戴德守分安居，而隆科多作有刺客之状，故将坛庙桌下搜查，欺罔之罪三；安奏被劾知县关㬉原系好官，欺罔之罪四。皇上谒陵之日，安奏诸王心变，紊乱朝政之罪一；安奏调取年羹尧来，亦必生事端，紊乱朝政之罪二；安奏举国之人俱不可信，紊乱朝政之罪三。交结阿灵阿、揆叙，邀结人心，奸党之罪一；保奏大逆之查嗣庭，奸党之罪二；徇庇傅鼐、沈竹戴、铎巴海，不行查参，奸党之罪三；比昵伊门下行走之蔡起俊，奸党之罪四；徇庇阿锡鼐法敏，将仓场所奏浥烂仓米着落历年监督分赔之案，巧为袒护其奏，奸党之罪五；曲庇菩萨保，嘱托佛格免参，奸党之罪六。任吏部尚书时，所办铨选官员皆自称为佟选，不法之罪一；纵容家人勒索财物，包揽招摇，肆行无忌，不法之罪二；徇庇提督衙门笔帖式詹泰，嘱托原任吏部侍郎勒什布改换成例，不法之罪三；发遣安西人犯应给口粮，并赤金等处应裁应补兵丁之处，故行推诿，欲以贻误公事，不法之罪四;因系佟姓,捏造"惟有人冬耐岁寒"之语,向人夸示,以为姓应图谶,不法之罪五;自知身犯重罪,将私取金银豫行寄藏菩萨保家,不法之罪六;挟势用强,恐吓内外人等,不法之罪七。索诈安图银三十八万两,贪婪之罪一;收受赵世显银一万二千两,贪婪之罪二;收受满保金三百两,贪婪之罪三;收受苏克济银三万六千余两,贪婪之罪四;收受甘国璧金五百两、银一千两,贪婪之罪五;收受程光珠银五千两,贪婪之罪六;收受六格猫睛映红宝石,贪婪之罪七;收受姚让银五百两,贪婪之罪八;收受张其仁银一千两,贪婪之罪九;收受王廷扬银二万两,贪婪之罪十;收受吴存礼银一万二千两,贪婪之罪十一;收受鄂海银一千五百两,贪婪之罪十二;收受佟国勷银二千四百两,贪婪之罪十三;收受佟世禄银二千两,贪婪之罪十四;收受李树德银二万一千四百余两,贪婪之罪十五;收受菩萨保银五千两,贪婪之罪十六。以上罪案昭著,隆科多应斩立决,妻子入辛者库,财产入官。疏入,邀宽典,我朝之恩礼故旧,仁至义尽,盖史册所未闻也。

年　羹　尧

隆科多因议年羹尧罪状,徇庇不协,坐削去太保,革去尚书。按年羹尧父遐龄,湖北巡抚。羹尧以康熙三十九年翰林出身,历充四川、广东试差。不十年,擢为四川巡抚。西藏军兴,请亲赴松潘协理军务,以功晋四川总督,旋授定西将军。西藏平,入觐,赐弓矢,授四川、陕西总督,封三等公,加太保。青海军兴,授抚远大将军,督奋威将军岳钟琪进剿,凡百有五日而青海平,进一等公,加太傅,父遐龄如其爵,长子斌给子爵。入觐,赐双眼花翎,四团补服,黄带紫辔。值庄浪番贼滋扰,又率岳钟琪剿平之,叙功,次子富给男爵。时四川巡抚蔡珽被羹尧劾,入京得召见,因陈羹尧贪残诸款。又羹尧尝荐西安布政使胡期恒可大用,期恒入觐,以奏对荒谬革职。时劾羹尧者纷起,论曰:"年羹尧曾妄举胡期恒,妄劾金南瑛等,又遣官弁筑城南坪,不惜番民,致惊惶滋事,反以降番复叛,巧饰具奏。又青海蒙古饥馑,匿不上闻。年羹尧从前不至于此,或自恃己功,故为怠玩,或诛戮大过,致此昏愦,岂可仍居总督之任。念其尚能操演兵丁,可补授杭州将军。"嗣山西巡抚劾龚尧私占盐窝,擅用正课,西安巡抚亦劾龚尧借口捕治盐枭,率兵夜围郃阳民堡,致死多人,并下部议罪。龚尧行至仪征,逗留不前,回奏又多狡饰,部臣请逮问。又合词奏龚尧罪状累累,请正典刑,并议尽革世职。得旨:令将军、督抚、提镇各抒己见入奏。旋据各省次第举发,复奏请速加诛戮,章下所司。时已逮龚尧来京严鞫,议政大臣、三法司、九卿等奏言,龚尧罪迹昭彰,弹章交至,其大逆之罪五:一、与静一道人、邹鲁等谋为不轨;一、奏缴朱批谕旨,故匿原折,诈称毁破,仿写进呈;一、见浙人汪景祺《西征随笔》诗词讥讪,及所作《功臣不可为论》,语多狂悖,不行劾奏;一、家藏锁子甲二十八,箭镞四千,又私贮铅子,皆军需禁物;一、伪造图谶妖言。其欺罔之罪九:一、擅调兵捕郃阳盐枭,致死良民八百余,奉旨查询,始奏并无伤损,后乃奏止伤六人;一、南坪筑城,官弁骚扰番民,不即劾奏;一、诡劾都统武格等镇海堡失律;一、西安解任时,私嘱咸宁令朱炯贿奸民保留;一、纵令刘以堂诈冒已故保题武功令赵勖名姓赴任,知而不奏;一、将幕友张泰基等冒入军功,共十八案;一、家人魏之耀家产数十万金,龚尧妄奏毫无受贿;一、西宁效力者实止六十二员,册报一百九员;一、退役王治奇冒军功,得授州判。其僭越之罪十六:一、出门黄土填道,官员补服净街;一、验看武官用绿头牌引见;一、设座当会府龙牌正座;一、穿用四衩衣服,鹅黄佩刀荷囊;一、擅用黄袱;一、官员馈送曰恭进;一、纵子穿四团龙补服;一、与属员物件,令北面叩头;一、令总督李维钧、巡抚范时捷跪道迎送;一、令蒙古扎萨克郡王额驸阿宝下跪;一、行文督抚书官书名;一、进京沿途填道叠桥,市肆俱令闭户;一、馆舍墙壁彩画四爪龙;一、辕门鼓厅画龙,鼓吹乐人蟒服;一、私造大将军令箭,将颁发令箭毁坏;一、赏赉动至千万,提镇叩头谢恩。其狂悖之罪十三:一、两次恩诏到陕,并不宣读张挂;一、奏折不穿公服拜送,只于私室启发;一、不许同城巡抚放炮;一、勒娶蒙古贝勒七信之女为妾;一、以侍卫前引后随,执鞭坠镫;一、大将军印不肯交出;一、妄称大将军,行事俱循俗例;一、纵容家仆魏之耀等朝服蟒衣,与司道、提镇官同坐;一、违旨逗遛仪征;一、勒令川北总兵王允吉以老病乞休；一、要结邪党沈竹、戴铎等怀欺惑众；一、祖庇私人马德仁阻回甘抚石文焯参劾奏疏；一、本内引用"朝乾夕惕"，故作"夕惕朝乾"其专擅之罪六：一、建筑邠阳城堡，不行题请，擅发银两；一、委侍卫李峻等署理守备，奉旨饬驳，仍不即行调回；一、擅用私票行盐；一、谕停捐俸，仍令照旧公捐；一、捕获私盐，擅行销案；一、守备何天宠患病，不照例填注军政，又嘱直督李维钧勒清苑令陆篆接受前任王久猷亏项。其忌刻之罪六：一、凌虐现任职官，纵任私人夺缺；一、军前官兵支粮实册，不先咨晋抚诺岷，欲令迟误致罪；一、尚书绰奇自军营商办粮饷，清字咨文，不交新任总督岳钟琪，欲令违误军需；一、捏参夔州知府程如丝贩卖私盐，杀伤多人；一、欲令李维钧为巡抚，屈陷原任巡抚赵之垣；一、遏抑中书阿炳安等军功。其残忍之罪四：一、邠阳盐枭案内，故勘良民无辜冯猪头至死；一、锁禁笔帖式戴苏；一、劾金南瑛等七员，急欲出缺与私人；一、不善安辑蒙古台吉济克济扎卜等，致困苦失所。其贪黩之罪十八：一、收受题补官员银四十余万两；一、勒索捐纳人员银二十四万两；一、赵之垣罢职发往军营，夔尧勒馈金珠等物价值二十余万两；一、受乐户窦荣银两；一、收受宋师曾玉器及银万两；一、遍置私人私行盐茶；一、私占咸宁等盐窝十八处；一、收受鸿胪寺少卿葛继孔古玩；一、索属员傅泽沄贿，不据实劾亏帑；一、西安、甘肃、山西、四川四省效力人员，每员勒银四千两；一、受参革知府栾廷芳贿，奏随往陕省；一、掠各番衣服为己有；一、私征新抚各番租粮；一、擅取蒲州盘获私盐价银一万两；一、遣仆贩卖马匹；一、私贩马发各镇勒重价；一、遣庄浪县典史朱尚文赴湖广、江浙，贩卖四川木植；一、令人卖茶得银九万九千余两。其侵蚀之罪十五：一、冒销四川军需入己；一、冒销西宁军需入己；一、冒销军前运米费入己；一、侵用各员弁俸工凡五年，皆入己；一、筑布隆吉尔城，冒销工料入己；一、隐匿夔关税银，又加派粮规入己；一、盘获私茶，取罚赎银入己；一、侵用河东盐政盈余入己；一、西安米万石未运赴西宁，冒销运费入己；一、宁夏各卫贮仓谷及留西宁养马银，并收入己；一、侵用城工余银入己；一、抄没塔儿寺硼砂、茜草诸物，私变价银入己；一、侵用纪连诏等捐解银入己；一、斫桌子山木植入己，共计赃银三百五十余万两。罪凡九十二款，供状明白，律应大辟，其父及兄弟、子孙、伯叔、伯叔之子、兄弟之子，年十六以上皆斩，十五以下及母女、妻妾、姊妹，并子之妻妾，给功臣家为奴。奏上，恩予自裁，子富立斩，余十五岁以上之子，发极边，其父遐龄，兄广东巡抚希尧，革职免罪。于是就狱中传谕羹尧曰："历观史书所载不法之臣有之，然当未败露之先，尚皆伪守臣节，如尔之公行不法，全无忌惮，古来曾有其人乎？朕待尔之恩，如天高地厚，意以尔实心为国，故尽去嫌疑，一心任用。尔作威作福，植党营私，辜恩负德，于心忍为乎？即如青海之事，朕命于四月备兵，又命于八月进兵，尔故意迟延，及严加督催，然后进剿，孤军冒险，几至失机。又如尔令阿剌纳之兵由噶斯前进，涉险恶必不可行之路，岂非欲陷害阿剌纳乎？又如尔令富宁安将骆驼三千，从巴里坤送至布隆吉尔，为无用之需，岂非设计欲陷害富宁安乎？又私调岳钟琪之兵至西安，尔令舍近就远，纡道数千里，欲使蔡珽运粮不及，岂非欲巧陷蔡珽乎？此皆军务大事，而尔视为儿戏，借快私忿，尚得谓之有人心者乎？又如尔所奏善后十三事，于不应造城处议造城，不应屯兵处议屯兵，筹画边机如此草率，是诚何心？青海用兵以来，尔残杀无辜，颠倒军政，朕尚未令入于廷谳，即就所议九十二款。尔应服极刑及立斩者共三十余条，朕览之不禁堕泪。朕统御万方，必赏罚公明，方足为治。尔悖逆不臣至此，若枉法曲宥，曷以彰宪典而服人心？今宽尔磔死，令尔自裁，又赦尔父兄、子孙、伯叔等死罪，皆朕委曲矜全莫大之恩。尔非草木，虽死亦当感涕也。"雍正五年，上念平青海功，令羹尧子俱赦回京。

讷 亲

乾隆之初，诸城刘文正公甫任总宪，即疏劾讷亲职掌太多，任事过锐，乞加裁抑。时讷亲方为吏部尚书、军机大臣上行走，奉命查阅河南、江苏、安徽、山东一路营伍，洊升揆席，恩遇之厚，甲于朝班。因金川之役，张广泗久无成功，命驰往经略军务，卒至偾事。恭读乾隆十三年谕云："朕自御极以来，大臣中第一受恩莫如讷亲。金川虽云小丑，而老师糜饷，克捷无期，凡在臣子，皆有同仇敌忾之念。讷亲身为大学士，从前在京时，不过于军机奏到随常办理，从未向朕奏及逆酋猖獗如此，将来作何了局？欲请身往视师，彼时傅恒即曾陈奏，愿效前驱。朕以封疆大吏，自能办理，不必特遣大臣，即应派往，傅恒亦不可居讷亲之先，未经俞允。及经略需人，因以付之讷亲，朕意以伊平日受朕如许厚恩，自知奋勉。乃起程之时，全不踊跃。彼其意以为军前调集大兵，指期克捷，胜则引为己功，即不胜，亦可奉身而退。至朕用人，颜面所关，国家军旅之重，皆所不计。其隐衷已不可问。及至军营，张广泗方观望不前，而伊复茫无成算，措置乖方。朕待之两月之久，而所奏到，乃请建碉与贼共险，不思以士卒攻讨之力，转使建碉资寇，是其第一谋画既已贻笑众人矣。自是始有申饬之旨，然犹望其成功。而乃身图安逸，并未亲履戎行，竟敢奏称军士黈夜向碉放枪，伊在营中望见火光。经朕督饬始行前进。而近所奏阿利山之役，我兵屡次退回，因伊等在彼，未至大奔。及伊等回营，我兵数十人即各鸟兽散，将领不复相顾，观此情形，是众未奔而伊等辄已先退，又何怪士卒之望风溃散。以受恩之满洲大臣经略重务，偾事至此，尚何事可以自容乎？至前后折奏，于所奉谕旨紧要情节，概不切实明白回奏，惟以浮词架空了事，竟有全未覆奏者。即同事之军前大臣等，经朕再三传谕，终不令其陈奏一字。朕因其久无就绪，不得已传谕询问，示以欲召回京，本欲激之使知愧奋，或有奏功之日，正以召之者促之。乃伊一得此旨，如获更生，即置军务于度外，托言有面奏情形，亟欲回京。试思有何不能言之情形，而必待面奏乎？此不过思家耳。以讷亲平日之心思智虑，且事朕十有三年，若谓任其经略无方，辄行退避，竟不重治其罪，将视朕为何如主！伊非不虑及此，而敢于遽请回京者，众人能知其故乎？伊之意中，明知不称任使，朕必重治其罪。然治罪亦不过如庆复之革职家居，转得优游自逸，为嗣续计，向来赏赉丰厚，尽足自娱。而金川之役，傅恒必自请督师，朕亦必以此任相属。而彼地险碉林立，攻取维艰，即傅恒亦未必遽能奏绩，不过与伊相等，即能成功，亦傅恒之福命所有，与伊无所加损。如其不成，朕又必重治傅恒之罪，而眷念旧臣，伊必且复用，是治罪之条，乃伊所预料，即奉到前旨，亦无所悔惧。惟此旨洞鉴其肺腑，伊当俯首无辞，始悔其蓄谋之大谬耳。此朕向所谓小聪明是大糊涂也。不如此不足成其为讷亲，而众人之不能见及，即其逊于讷亲之处。是朕从前任用讷亲，原未为误也，今诸王大臣合辞奏请将讷亲交部治罪，于法本无可逭，但须俟伊回奏到，再行酌夺降旨。"会讷亲回奏至，谕曰："讷亲所奏，更复浮混无耻，且皆委过于张广泗。讷亲以经略重臣，军中调度，皆听指挥，功过无可旁贷，岂容一切推卸在张广泗。如折内所称各情节，讷亲身为经略，果实见其非，何难据实参奏，即一面参奏，一面提问，亦无不可。观其迟回不断，并非伊见不及此。盖以一参张广泗，则军中之事，皆伊所仔肩，其责愈重，惟留以为卸过之地，将来即或无功，而归亦尚藉张广泗为之代任其责，居心若此，是岂受恩深重、实心任事之大臣所为乎？况伊揭内所称自任举失事，即顿兵二十余日不敢前进，是怯懦委靡，全无愧愤激励之意，咎无可辞。至所询伊并不亲身督战，惟在帐中坐观诸事，亦据一一俯认不讳，因奏请将伊交部严加议处。夫迟误军机，畏缩观望，设令讷亲处分他人罪状，有不问以斩决者乎？而自乃仅请交部议处，此岂降革所能了局者耶？"又谕曰："讷亲办理金川军务，乖张退缩，老师糜饷，经诸王文武大臣等参奏，朕谕令侍卫富成将伊举动言语，逐一据实陈奏。据富成奏称，讷亲云：'番蛮之事，如此难办，后来切不可轻举妄动，但此言我如何敢上纸笔入奏。'讷亲此语，实为巧诈之尤。伊受朕深恩一十三年，推心置腹，何事不可陈奏。如果贼径十分险峻，伊曾身同士卒尽力进取，屡冒锋刃，犹不能克，再调劲兵，更番前往，仍不能深入其阻，而供亿浩繁，徒糜帑项，则当以实在情形奏闻，请旨罢兵。况金川之事，自因其与泽旺构衅，涉及边围，不得不发兵致讨，朕实非利其土地人民，轻启兵端。前后所降谕旨，皆讷亲同办之事。迨伊与张广泗久无成功，朕又屡次传谕，令其详悉斟酌，倘有不能殄灭之故，即可明言其所以然，直请班师，毋得含糊两可。且于伊奏折内批示云：'岂有军机重务，身为经略，而持此两议，令朕遥度之理？如能保明年破贼，增兵费饷，朕所不惜。若终不能成功，不妨明云臣力已竭，早图归计，以全始终。'讷亲以亲信重臣，膺阃外重寄，经朕如此谆切指示，亦当遵旨据实覆奏，朕岂有不加以裁酌，允其所请之理？且伊果肯侃侃直陈，则此局早已可竣，何用糜费如许物力？是今岁之稽迟，皆讷亲之贻误，咎更何辞！又或虑奏到时，为军机大臣及办事司员所知，亦宜亲笔密缄，直达朕览，何得谓之不敢上纸笔入告？此等紧要情节，不敢入告，岂如伊历来折奏，摭拾浮言，自相矛盾者，转谓敷陈之道，当如是耶？夫面从而退有后言，乃人臣所当切戒。讷亲所称后来不可轻举妄动之语，军机大臣等能窥见其隐衷乎？伊之意自知身名决裂，且无子嗣，计无所出，辄思以不必用兵之言，博天下迂愚无识者之称誉，而以穷兵黩武之名，归之于朕，此其心怀狡诈，实出意想之外。朕诚不料十三年以来，加以隆恩渥泽，而讷亲之忍心害理，竟至于此。或上天以此示朕，俾知用人之难耶？讷亲又云：'上只虑我胆大，我如何当得起。'讷亲退缩偷安，不敢冲锋夺险，实乃毫无胆量。朕方责其过于畏葸，过于胆小，何尝虑其胆大？昔伊祖冒险登陴，流矢贯胫，著于女墙之上，犹能负伤血战，不以为苦，为国家建立大功，今其孙委靡至此，实朕所不能解。又讷亲闻云梯兵过辄云：'此皆我罪，若我今年办理得妥，何致圣心烦躁，又令如许满洲兵受此苦累。'此言尤为可骇。满洲官兵，有勇知方，一闻调遣，无不鼓舞振跃，志切同仇，皆众人所共见。朕方深嘉悦，而讷亲乃以为受此苦累，伊从军营中来为此浮言，摇惑众心，俾众人闻之，不知贼境如何险阻艰难。此惟经略大学士傅恒忠勇奋发，金石同坚，不为所惑耳。兵丁一闻此言，勇往之气，有不略为消沮者耶？明系伊自不能成功，而转忌他人之成功，故为此语，巧于离间众心，而不顾国家之大事，此其罪可胜言耶？著将此旨晓谕中外知之。"寻命尚书舒赫德逮讷亲赴军营，会同经略傅恒等，一面讯明，一面即将伊祖遏必隆之刀，于营门正法，令军前将弁士卒共见之。

胡中藻

国初于前明臣工之归款者，率仍还以显职，保其初终。如钱谦益之有才无行，为朝廷所深恶痛绝之人，至令天下销毁其所著《初学集》、《有学集》，而明谕中犹称止欲斥禁其书，并非查究其事。同时之大学士陈名夏，辗转矫诈，屡次从宽免死，乃犹与同僚宁完我言："若要天下太平，除非依我两事。"宁问何事，名夏推帽摩其首曰："留头发，复衣冠，天下即太平矣。"宁以其语上闻，而其时但治名夏以抹删谕旨，作奸犯科诸款，于前两语，亦置之不问。盖定鼎之初，人心未能齐一，故朝廷每以宽大处之。乃不料百余年后，尚有丧心病狂之胡中藻者。谨按乾隆二十年三月十三日，大学士、九卿、翰林、詹事、科道等面奉上谕："我朝抚有方夏，于今百有余年，列祖列宗深仁厚泽，渐洽区宇，薄海内外，共享升平。凡为臣子，自乃祖乃父，食毛践土，宜其胥识尊亲大义。乃尚有出身科目，名列清华，而鬼蜮为心，于语言吟咏之间肆其悖逆，诋讪怨望，如胡中藻者，实非人类中所应有。其所刻诗，题曰《坚磨生诗钞》。坚磨出自《鲁论》，孔子所称磨涅，乃指佛肸而言，胡中藻以此自号，是诚何心！从前查嗣庭、汪景祺、吕留良等诗文、日记，谤讪诪张，大逆不道。蒙皇考申明大义，严加惩创，以正伦纪而维世道，数十年来意谓中外臣民咸知警惕。而不意尚有此等鸱张狺吠之胡中藻。即检阅查嗣庭等旧案，其悖逆之词，亦未有累牍连篇至于如此之甚者。如其集内所云'一世无日月'，又曰'又降一世夏秋冬'，三代而下，享国之久，无如汉、唐、宋明，皆一再传而多故，本朝定鼎以来，承平熙皞，盖远过之，乃曰'又降一世'，是尚有人心者乎？又曰'一把心肠论浊清'，加'浊'字于国号之上，是何肺腑？至《谒罗池庙》诗则曰'天非开清泰'，又曰'斯文欲被蛮'，满洲俗称汉人曰蛮子，汉人亦俗称满洲曰达子，此不过如乡籍而言，即孟子所谓'东夷，西夷'是也，如以称蛮为斯文之辱，则汉人之称满人曰达子者，亦将有罪乎？又曰'相见请看都盎背，谁知生色属裘人'，此非谓旃裘之人而何？又曰'南斗送我南，北斗送我北。南北斗中间，不能一黍阔'，又曰'再泛潇湘朝北海，细看来历是如何'，又曰'虽然北风好，难用可如何'，又曰'撇云揭北斗，怒窍生南风'，又曰'暂歇南风竞'，两两以南北分提，重言反复，意何所指？其《浯溪照景石》诗中用周时穆天子车马走不停，及武皇为失倾城色两典故，此与照景石有何关涉？特欲借题以寓其讥刺讪谤耳。至若'老佛如今无病病，朝门闻说不开开'之句，尤为奇诞。朕每日听政召见臣工，何乃有'朝门不开'之语？

又曰'人间岂是无中气',此是何等语乎？其《和初雪元韵》则曰'白雪高难和,单辞赞莫加','单辞'出《尚书·吕刑》,于咏雪何涉？《进呈南巡诗》则曰'三才生后生今日',天地人为三才,生于三才之后,是为何物,其指斥之意可胜诛乎？又曰'天所照临皆日月,地无道里计西东。诸公五岳诸侯渎,一百年来俯首同',盖谓岳渎蒙羞,俯首无奈而已,谤讪显然。又曰'亦天之子亦莱衣',两'亦'字悖慢已极。又曰'不为游观纵盗骊',八骏人所常用,必用盗骊,义何所取？又曰'一川水已快南巡',下接云'周王湵彼因时迈',盖暗用昭王南征故事,谓朕不之觉耳。又曰'如今亦是涂山会,玉帛相方十倍多','亦是'二字与前两'亦'字同意。其《颂鹝兔》则曰'那是偏灾今降雨,况如平日佛燃灯',朕一闻灾歉,立加赈恤,何乃谓佛灯之难觏耶？至如孝贤皇后之丧,乃有'并花已觉单无蒂'之句。孝贤皇后系朕藩邸时,皇考世宗宪皇帝礼聘贤淑作配朕躬,正位中宫,母仪天下者一十三年,然朕亦曷尝令有干预朝政、骄纵外家之事？此诚可对天下后世者。至大事之后,朕恩顾饰终,然一切礼仪,并无于会典之外有所增益。乃胡中藻与鄂昌往复酬咏,自谓殊似晋人,是已为王法所必诛,而其诗曰'其夫我父属,妻皆母道之',夫君父人之通称,君应冠于父上,曰父君尚不可,而不过谓其父之类而已,可乎？又曰'女君君一体',焉得漠然为帝后也？而直斥曰'其夫',曰'妻',丧心病狂,一至于此！是岂覆载所可容者乎？他如自桂林调回京师则曰'得免吾冠是出头',伊由翰林洊擢京堂,督学陕西,复调广西,屡司文柄,其调取回京,亦非迁谪,乃以挂冠为出头,有是理乎？又有曰'一世朴谁完,吾身甑恐破',又曰'若能自主张,除是脱缰锁',又曰'一世眩如鸟在笯',又曰'虱官我曾惭',又曰'天方省事应间我',又曰'直道恐难行',又曰'世事于今怕捉风',无非怨怅之语。《述怀诗》又曰'琐沙偷射蝛,馋食狼张箕',《贤良祠》诗曰'青蝇投昊肯容辞',试问此时于朕前进谗言者谁乎？伊在鄂尔泰门下,依草附木,而诗中乃有'记出西林第一门'之句,攀援门户,恬不知耻。朕初见其进呈诗文,语多险僻,知其心术叵测,于命督学政时,曾训以论文取士,宜崇平正,今见其诗中即有'下眼训平夷'之句,'下眼'并无典据,盖以为垂照之义,亦可以为识力卑下,亦可巧用双关云耳。至其所出试题内考经义有《乾》三爻不象龙说，《乾》卦六爻皆取象于龙，故《象传》言'时乘六龙以御天'，如伊所言，岂三爻不在六龙之内耶？《乾》为当今年号，'龙'与'隆'同音，其诋毁之意可见。又如'鸟兽不可与同群'、'狗彘食人食'、'牝鸡无晨'等题，若谓出题必欲避熟，经书不乏间冷题目，乃必检此等语句，意何所指？其种种悖逆，不可悉数。十余年来，在廷诸臣所和韵及进呈诗册，何止千万首，其中字句之间，亦偶有不知检点者，朕俱置而不论，从未尝以语言文字责人。若胡中藻之诗，措词用意，实非语言文字之罪可比。夫谤及朕躬犹可，谤及本朝则叛逆耳。朕见此书已数年，意谓必有朋于大义之人，待其参奏，而在廷诸臣及言官中并无一人参奏，足见相习成风，牢不可破。朕更不得不申我国法，正尔嚣风，效皇考之诛查嗣庭矣。且内庭侍从曾列卿贰之张泰开，重师门而罔顾大义，为之出资刊刻，至鄂昌身为满洲世仆，历任巡抚，见此悖逆之作，不但不知愤恨，且丧心与之唱和，引为同调，其罪实不容诛。此所关于世道人心者甚大，俾天下后世，共知炯鉴。张泰开着革职交刑部，胡中藻、鄂昌已降旨拿解来京，俟到日，交大学士、九卿、翰林、詹事、科道公同逐节严审，定拟具奏，钦此。"

和　珅

和珅之败，余适在京师，而尚未登朝，无由悉其罪状。后二十年入军机，乃从档簿中得其梗概，与外间所传，颇无歧异。此本朝一大案，不可不胪列之，以为负国营私者戒也。嘉庆四年正月初四日，恭值纯庙升遐，和珅方为总理大臣，意得甚。次日，即有御史广兴疏发其罪。初八日，奉旨拿问，下刑部，并下各直省督抚议罪。直隶总督胡季堂条陈其罪，请依大逆律凌迟处死。并列其冀州城外坟茔前有石门楼，石门前开隧道，正屋五间，称曰飨殿，东西厢房各五间，称曰配殿，大门称曰宫门，外围墙二百丈，围墙外设堆拨，土人称曰和陵，墙西阳宅，房屋二百一十九间。定制：亲王坟茔，围墙不得过百丈，和珅倍之。籍其家，更多人臣不应有之物。于是始将其大罪二十，宣示中外。当睿庙册立为皇太子时,先期预呈如意,泄机密以为拥戴功,大罪一;圆明园骑马,直入左门,过正大光明殿,至寿山口,大罪二;肩舆出入神武门,坐椅轿直进大内,大罪三;取出宫女子为次妻,大罪四;川、楚教匪滋事,各路军营文报任意延搁不递,大罪五;纯庙圣躬不豫时,毫无忧戚,逢人谈笑自若,大罪六;纯庙力疾批章,间有未真之字,辄口称不如撕去另拟,大罪七;管理吏、户、刑三部,一人把持,变更成法,不许部臣参议一字,大罪八;西宁报循、贵贼番聚众抢劫杀伤,将原摺驳回,隐匿不递,大罪九;国朝曾有中旨,令蒙古王公未出痘者,不必来京,乃故违谕旨,无论已未出痘,俱不令来,大罪十;大学士苏凌阿以姻亲匿其重听衰惫之状,侍郎吴省兰、李潢,太仆卿李光云,以曾在其家教读,俱保列卿阶,兼任学政,大罪十一;军机处记名人员随意撤去,大罪十二;私盖楠木房屋,僭侈逾制,其多宝阁楠段仿照宁寿宫式样,大罪十三;其坟茔设立享殿,开置隧道,致居民有和陵之称,大罪十四;所藏珍珠手串二百余串,较大内多至数倍,并有大珠,较御用冠顶尤大,大罪十五;真宝石顶,非所应戴,乃藏数十余颗,并有整块大宝石,为内府所无者,不计其数,大罪十六;家内银两衣饰等物,数逾千万,大罪十七;夹墙藏赤金二万六千余两,私库赤金六千余两,地窖埋银百余万,大罪十八;通、蓟地方当铺、钱铺资本十余万,与民争利,大罪十九;家人刘全资产亦二十余万,且有大珠及珍珠手串,大罪二十。其宅中太监呼什图,时称内刘,籍其家,亦十余万,且为其弟刘宝梧捐纳直隶州知州,刘宝榆守备衔,刘宝杞州同衔,则和珅之平日贪纵狂妄,除大罪外,已难悉数矣。时大学士、九卿、文武大臣、翰詹科道,公拟罪名奏上,如胡议。上以时当谅暗,不忍使大臣弃市,乃令和珅自裁。尤可怪者,籍没后,续查出真珠朝珠一挂,讯其家人,言往往灯下无人时,私自悬挂,对镜徘徊,谈笑低声自语,人不得闻。窥其心,又不仅封殖贪黩之可罪矣。其金银库内帐,及大柜内珠玉等项什物帐簿,有好女子四名掌管,每年太监罗玉持出查对一次。女子四名,香莲、蕙芳、卢八儿、云香也 。籍和珅之家人刘全、刘陔、刘印、胡六家,除金银外,当铺八座,内监呼什图,即内刘。家得米麦、谷豆、杂粮一万一千六十五石。时文安、大城两处被水,分给两县作为口粮籽种。又分和珅之第半为和孝公主府，和之子丰伸殷德尚十公主。半为庆亲王府。时尚为郡王。及嘉庆二十五年，庆亲王薨，五月十五日，管府事阿克当阿代郡王，讳绵愍。呈出毗卢帽门口四座，太平缸五十有四，铜路镫三十六对。此项皆亲王所不应有之物，而和珅有之，且铜路镫较大内所陈，尤为精致，今分设于景运、隆宗两门外云。

卷六

文 人 奇 遇

或问古人致仕以七十为期,亦有过七十而尚未致仕者乎?余曰:此道其常耳。世固有未七十而即须致仕者,即有已七十而不必致仕者。若元魏世祖时,侍中罗结,年一百七岁,除长信卿,年一百一十,听归老,年一百二十,乃卒、则存乎其人之禀赋,又岂可测之以常情乎?本朝乾隆初,沈归愚先生以六十六岁中戊午省试,六十七岁中己未会试,馆选,七十岁散馆,授编修,七十一岁以大考二等,晋侍讲学士,七十二岁典试湖北,七十四岁乞假回里,七十五岁还朝,直上书房,晋礼部侍郎,七十六岁为戊辰会试总裁,七十七岁患噎疾,奉命许其归里,享林泉之乐,七十九岁迎驾于清江,是冬,进京祝圣母万寿,蒙撰赐《归愚诗序》,八十五岁再迎驾,加礼部尚书衔,九十岁又同钱陈群迎驾常州,赐诗有"二老浙江之大老"句,年至九十八而终,谥文悫。以一介书生,暮年新进,备叨异数,复享大龄,事为近今所稀,福亦未免太过,身后果以文字之故,削衔夺谥。古人常言日中则昃,月盈则食,况以文人当之,能无惴惴哉!

纪 文 达 师

世传名人前因皆星精僧,此说殆不尽虚。相传纪文达师为火精转世,此精女身也,自后五代时即有之。每出见,则火光中一赤身女子,群击铜器逐之。一日复出,则入纪家,家人争逐,则见其径入内室。正哗然间,内报小公子生矣。公生时,耳上有穿痕,至老犹宛然如曾施钳环者。足甚白而尖,又若曾缠帛者,故公不能着皂靴。公常脱袜示人,不之讳也。又言公为猴精,盖以公在家,几案上必罗列榛栗梨枣之属,随手攫食,时不住口。又性喜动,在家无事,不肯坐片时也。又传公为蟒精,以近宅地中有大蟒,自公生后,蟒即不见,说甚不一。少时夜坐暗室,两目如电光,不烛而能见物。比知识渐开,光即敛矣。或谓火光女子,即蟒精也。以公耳足验之,传为女精者,其事或然。惟公平生不谷食,面或偶尔食之,米则未曾上口也。饮时只猪肉一盘,熬茶一壶耳。晏客看馔亦精洁,主人惟举箸而已。英煦斋先生尝见其仆奉火肉一器,约三斤许,公旋话旋啖,须臾而尽,则饭事毕矣。《听松庐诗话》云:"姜西溟不食豕,纪文达不食鸭,自言虽良庖为之,亦觉腥秽,不下咽,且赋诗云:'灵均滋芳草,乃不及梅树。海棠倾国姿,杜陵不一赋。'以梅花、海棠为比,虽不食鸭,而鸭之幸固已多矣。"《芝音阁杂记》云:"公善吃烟,其烟枪甚巨,烟锅又绝大,能装烟三四两,每装一次,可自家至圆明园吸之不尽也,都中人称为纪大锅。一日,失去烟枪,公曰:毋虑,但日至东小市觅之,自得矣。次日果以微值购还。盖此物他人得之无用,又京中无第二枝,易于物色也。"

刘 文 清 师

诸城刘文清公,亦由精灵转世。其归道山之岁,值十二月封篆之期,公坐内阁堂上,座后有一白猫,体态甚伟。当公未至时,固无猫也。此物自何来,人亦不知。堂上中书、供事等群见之,而未敢言。及公退,猫亦遂不见。二十四日,公卒。或猫即狐也,公将卒而神出见,然则此狐为公前身矣。

朱 文 正 师

朱文正公观察吾闽时,先资政公及诸伯叔父皆受业焉。余入都以门下晚学生礼晋谒,公额之。及己未公主会试,先兄曼云出门下。余谓兄之师例亦为师,欲改称而公未之许。迨壬戌廷试,公与读卷之役,擢余卷为第一;后以他故,抑置第二,而心常歉然,逢人必述之,因余文中能用《春秋繁露》语也。适余进谒,告余曰:"读卷所得士,例可抗颜为师，况受知如足下者乎？以后可不必再执小门生之礼。太老师尊而不亲，老师亲而不尊，我于君家师友渊源之谊，不一而足。前此所以未许者，不欲君以兄弟之私，改先人之旧耳。"时公年已逾七十，见客恒闭目隐几，以杖支颐，杖头置青绢一方，盖以拭目也。与客谈亦多不睁目，语杂谐谑，有东方曼倩之风。尝语余曰："顷到孔子庙廷，见左右两人护法，一是仲夫子，一乃蒋予蒲也。"时蒋方在朝为京卿，余亦不敢诘其原委。甲子上幸翰林院，欲令与宴者皆即席为诗。公奏是日诸翰林皆蒙赐酒观戏，恐心分不能立就。上允之。出语诸翰林曰："若是日果即席为诗，诸君能不钻狗洞乎？"翰林衙门土地神，旧传为昌黎韩公，公以为代韩公者为吴殿撰鸿。一日，丁祭毕，坐轿过土地祠，公自轿中回头作拱，大声曰："老前辈有请矣。"除夕有门士至家，与公谈岁事，公举胸前荷囊曰："可怜此中空空，压岁钱尚无一文也。"有顷，阍人以馈岁仪呈报曰："此门生某爷、某爷所送若干封。"公曰："此数人太呆，我从不识其面，乃以阿堵物付流水耶？"自以前身为文昌宫之盘陀石，因号盘陀老人。有请乩者，谓公系文昌二世储君，名渊石，故字石君。奏请加封号，行九拜礼。喜为人说因果，尝言某某前生为其妇，某某为其妾，某某为其子，前世有缘，故恒结今世缘也。卒之日，卧处一布被布褥而已。上亲赐奠，甫至门，即放声哭，且赐以诗，有"半生唯独宿，一世不谈钱"之句。公得此，亦可以慰矣。青乌之术，有不可不信者。公之先，浙人，曾祖客于京业锻。有江西一士善地理，而道不行，迍邅已甚，居与朱翁邻，每出入扃户，即属朱翁视焉。居数岁，将归，谓朱翁曰："承翁爱已久，愧无以报德，意中相得佳城二三处，翁能移殡此乎？"翁谢以无力置地。术士言此地价不昂，我力尚能买以赠翁也。因以千文买芦沟桥西镇冈塔前地一区，为植榆一株，告朱翁曰："他年移殡来，树下即穴也。后嗣当大贵，然须坚嘱后人，若贵，切无以土冢不华，别加土山与石坊、享堂等物也。"故公虽入阁，惟土坟一丘，树二三十株而已。公殁后，公之侄山东方伯锡爵于坟后培以小土山，中央画一红日。居无何。公子四品卿遂亡，公之孙观察公年未四十而夭，方伯亦褫职责戍，侄孙澄守常州府，复左迁病废。累世簪缨，顿嗟零落。近公之曾孙某悟其故，不告家人，竟将土山毁去，乃举于乡，由教习得县尹，公后起乃渐有人云。

松 文 清 公

外省知交，于中朝之名公伟人，有识有不识，而无不知有蒙古松中堂^筠，多欲从余得其详者。余与公相聚日浅，公骑箕时，余已外宦，屡驰信京师，索其行状志铭不可得。但知公以嘉庆十五年，由两江总督协办大学士，十九年，授武英殿大学士，二十一年，以事降。道光间，复起为尚书，十四年休，十五年薨，谥文清而已。间有所闻逸事，曾笔之书，兹录出以应问者，凡七条云。嘉庆二十五年八月，睿庙梓宫自热河回京，初奉安于乾清宫，继乃择日，奉移于观德殿。是日出东华门，进景山东门，上哭泣步送。京中自王公大臣官员以下，皆得俯伏甬道之左哭送，白袍列跪者，不下千万人。余亦在班中，遥见上步行甫半，忽趋至甬道边，扶一跪伏者之手，大哭失声，跪伏者亦抢地大哭。众远察之，则松公也。时公仅赏一骁骑校，不过兵丁拔补之阶，而至尊当哀痛迫切之际，竟能于千万人中物色见之，非平日鱼水之契，有异寻常，何克臻此。异日，即有副都御史之命，而公仍得左右赞勷矣。公出为伊犁将军，时未曾挈眷。一日，遣役至京，附银五十两，以为迎取夫人路费。适役夫未行，而银已他用，因即不寄路费。公家故素俭，长公子少宰^{熙昌}竭力捭挡，始得送其母夫人就道。夫人既至，公亦不择日，即命入署，僚佐皆不知将军夫人之已至也。署旧有别院，乃置夫人其中，而日扃其门，供馔之外，每月与钱十千，婢媪佣值，俱取给焉。院内正屋三楹，中为堂，夫人居堂东，西为佛堂。公每日五更入佛堂，顶礼毕，坐堂中与夫人啜茗，闲语半时而出，仍扃其门。而夫人每日当四更必起栉沐以待之。公之礼佛，不间寒暑；夫人之夜起，亦不间寒暑。同时有策大人者，公事故简，每日黎明即起，靧面毕，即驾骡车传食于同城寅好署中，亦无间寒暑。那绎堂师时亦在西域，尝戏语人曰："我若死入轮回，必与阎罗相约，或再为男人，或转为女身，或堕落畜类，惟命之从，但不愿作策大人骡及松将军夫人耳。"公由伊犁将军除吏部尚书，入京，行抵涿州，八喇嘛遣人迎之。

公乘一马，喇嘛之使人乘一骡，易骑而行，自涿州连宵至圆明园，其家人戚友迎于长新店者俱不知也。到园已四更，扣军机章京直庐之门，司阍者呼叶老爷起，公属为具折。叶老爷者，户部郎中叶云素继雯也。是日叶公非入直期，重公之为人，不敢辞，而公亦不问其姓名，即以叶老爷称之而已。次日入见，即呈讲《大学》首章，以为治国平天下，当自正心诚意始。出借勒相国肩舆候客，家人始闻公之已到都也。晚仍宿园中。又次日入城，先赴吏部之任，日晡方归家。其妾迎于中门，公顾问曰："此谁家戚谊也？"长公子曰："此某姨娘耳。"公乃恍然曰："汝今亦老矣。"公身材仅中人，而体气壮实，有庄敬日强之功。惟自边臣内擢后，头每涔涔动，镇日不已，即入对亦然。余时以军机章京诣公宅画稿，值酷暑，公以烧酒及西瓜饷余。时余方编辑军机题名，并从公询枢垣故实，语颇叨絮。公因令解衣纵谈，因乘间问公头动之故。公慨然曰："此非病也。我在西域时，手刃叛回至数百人，未免杀戮过重，至今耿歉于中，不觉震动于外耳。然不如此，恐回疆未必安戢至今也。"公面如罗汉，心极慈祥，自是活佛度世，节钺所莅，无人不被其泽而饮其和。叛回之戮，辟以止辟，正公镇边作用，不知者或以杀降为公咎，岂知公者哉！公奉差往江南查办事件，得旨引对后，即欲挈值宿行李出城，不回私宅，因随带之司员部署不及，吁公稍缓时日，公许以晡时出城。时方巳刻，乃枉途至韩桂舲先生家小住。先生尚在刑部署未退，公自索酒肴独酌，并令韩家人等磨墨供写大字。偶闻宅门外喧嚷声，询之，则卖鸡担与阍人争价也。公立取担入，如其价全买之。向内宅借京钱四千，交付讫，而以鸡嘱阍人曰："为我交韩太太，加意喂养肥美，俟我差旋时，再来大嚼也。"语毕，遂出城住长新店。再逾日，而随带之司员始赶到同行焉。公赴江南总督时，路过袁江，时费筠浦督部淳因防汛驻河上，款留公于行馆午饭，宾主皆大户。饮至灯时，公欲易烧酒，费从之。公谓费曰："两人饮，毕竟寂寞，此地寮属尚有知酒趣者否？"费曰："即有之，亦不过数十杯即颓然，求可以陪我两人者，殊不易得，无已，惟有河辕中军某副将者，庶几其可，然官卑职小，何可以陪中堂？"公曰："副将亦二品官，但取能饮，何较官职？"因急召至，令侍末坐。公与费且饮且谈，而某副将从旁默饮，一杯复一杯，不敢留涓滴也。至五更，公稍倦，因辞归舟，且曰："黎明如顺风，当即解缆，不复来告辞矣。"公甫登舟，而天已晓，费遣官探之，则回报："南风甚大，断难开船，中堂已和衣睡矣。"无何，而费诣公舟谢步，并邀公重至行馆。曰："既风大，不能行，何不再畅饮一日？"公诺之。早饭肴馔已陈，公曰："昨某副将饮得甚闲雅，何不仍召之来？"费令人促之，则云："某副将昨夜回署，即不能言动，今晨已奄逝矣。"公与费皆大惊，草草饭毕，即回舟冒风解缆去。此事河上人至今能道之。公喜为擘窠书，尤喜作大"虎"字。每觅大幅纸，尽幅为之，间以赠人，或人以纸求书者，无弗应。枢直同人，各得一幅，余以未得大纸，不敢求。公自谓此字可驱邪镇鬼，盖亦不尽然也。闻在江南督署，有中军某副将者，驱干甚雄伟，适得大纸一幅，磨墨数升，求作"虎"字。公披襟直挥，而笔尚有余墨，因顺势向某副将脸上一涂，掷笔大笑曰："此单料张桓侯也。"某副将不但不以为忤，且以为荣，公之盛德被人也如此。

读　　书

　　圣人以身教人，不过曰好古，曰好学，曰不如学，其屡称颜子，亦不过称其好学。今人动以讲学为迂阔，且以为宋人之恶习，不知圣人已以学之不讲为忧，则讲学岂足为世病。今世之通患，在士大夫不说学，而其害遂中于人心，国本殊堪隐忧。忆嘉庆十余年间，余掌南浦讲席，其时邑中士大夫尚讲究读书，院中肄业生亦欣欣向荣，日以诗文相质证。虽所讲亦不过俗学，然所汲汲在此，则一切放僻邪侈之事，究竟无暇兼为之。今相隔三十年，此调不谈已久，无怪乎风俗之日偷，而可与言者之日鲜也。癸卯夏间，苏鳌石廷尉廷玉由苏州回闽过浦，余留在北东园中谈宴数日。廷尉寓居城外，早入晚归，尝语余曰："余日夕往返不下六七次，而从无一入耳之书声，何也？"余告以浦人近不务读书，同与浩叹。因忆《江行杂录》中载司马温公过鸣条山余庆寺，寺中父老五六辈请曰："某等闻端明在县日，与诸生讲书，村人不及听，今幸相遇，愿得闻其略。"公即取《孝经·庶人》章讲之。既已,复前曰:"自《天子》章以下,各有《毛诗》二句,此独无,何也?"公默然谢曰:"生平虑不及此,当思所以奉答。"父老出,语人曰:"吾今日难倒司马端明矣。不知公后日果何以答也。"似此佳话,今日不但无此人,亦并无此事矣。王渔洋先生云:"尝闻耿道见说古本《庶人》章末有诗二句云'昼尔于茅,宵尔索绹'。"附记于此,以广异闻。

读 仪 礼

内外孙中有稍聪颖者,自谓五经及《周礼》、《尔雅》皆已读遍,锐意欲读《仪礼》,而塾师中不必皆已读《仪礼》者,遂有择师而事之意,余不谓然也。忆余少时,与泽卿兄同塾读,先叔父太常公每课泽卿兄读《仪礼》,竟能背诵如流,而先资政公却不以此相督责,谓必须五经烂熟,然后再治《仪仪》,否则徒劳而罔功。昔韩文公以大儒尚苦《仪礼》难读,况后生小子乎?嗣余出从外舅郑苏年师学为制义,偶以俎豆之事命题,时余方阅无锡秦氏《五礼通考》,将俎豆故实,分比胪列粲然,大为苏年师所激赏,谓皆从《仪礼》中来,实则未尝肄业及之也。未几,应新郡伯观风,题为《端章甫》,时余方阅吾乡林樾亭先生《三礼陈数求义》,于端章甫制度颇有会心。阅观风卷者,为萧山王南陔先生绍兰,以余卷独能贯穿《仪礼》,擢冠其军。自是余始耻声闻之过情,而大作读《仪礼》之想,偶辑成《仪礼节本》四卷,谓稍简易可备授徒之资。偶以示同年老友王陆亭广文大经,则以为中多疏舛,不足以示后学,于是又毁其稿,而自知其困苦难成也。今诸孙中果有能读《仪礼》者,此正古人所谓难者不避,岂肯阻其向往之心,而不能不以余之所阅历者正告之,窃自比于识途之老马云尔。

月 令 气 候

诸孙中有读《月令》者,执简而问曰:"《月令》一年七十二候之名,何以与时宪书所载亦有异同?"余曰:"岂但此两书异同已哉!七十二候之名,权舆于《夏小正》,此后则《汲冢周书》、《管子》、《淮南子》、《吕氏春秋》所载字句,各有错出,然亦不过小异而大同。惟王冰注《素问》所引《吕氏春秋》七十二候,则与今行《吕氏春秋》本迥不相同,如'雷乃发声'下有'芍药荣','田鼠化为鴽'下有'牡丹华','王瓜生'作'赤箭生','苦菜秀'作'吴葵华','麦秋至'作'小暑至','半夏生'下有'木槿荣','蛰虫坏户'下有'景天华',此皆无关宏旨。惟今时宪书十一月'麋角解',自乾隆间改为'麈角解',已奉功令通行,不可不知耳。"

千 字 文

《千字文》有三本:齐萧子范之作不传;梁周兴嗣所次,据《梁书》《南史》皆以为王羲之书,乃《尚书故实》云:"武帝命殷铁石于钟、王书中拓千字,召兴嗣韵之,一日缀成。"《玉溪清话》亦云:"梁武得钟繇破碑,爱其书,命兴嗣次韵成文。"所说不同。《宋史·李至传》亦言是钟繇破碑,而盛百二《柚堂笔谈》云"右军所书即钟《千文》也"。金坛王氏《郁冈斋帖》题曰:"魏太尉钟繇《千字文》,右军将军王羲之奉敕书,起四句云:'二仪日月,云露严霜。夫贞妇洁,君圣臣良。'结二句与周氏同。"是周兴嗣所次亦有二本不同也。余偶为人书《千字文》,"律吕调阳"作"律召调阳",观者或以"召"字为误,请削易之。余曰:"'召'字不误,'吕'字乃误也。"宋吴坰《五总志》云:"隋智永禅师居长安西明寺,自七十至八十岁,写真草《千文》八百本,人争取之,但作'律召调阳'者皆是。"按"闰余"与"律召",正是偶对,不知何时误作"吕"字。余斋藏董香光手书册,亦作"吕"矣。

上 大 人

余流寓浦城,次儿、三儿、五儿及长女、三女,悉比户而居,内外孙十余人,皆不过十岁上下,塾师延至四五人。有初学执笔者,每写"上大人"等字,辄询塾师以出在何书,如何讲解,多不能对。余告之曰:"《水东日记》载金华宋潜溪学士濂晚年喜写此,必知所自。《说郛》中

亦载之,大抵取笔画稀少,易于识认耳。祝枝山《猥谈》云:此孔子上
其父书也。'上大人'为一句,'孔'为一句,乃孔子自称名也。'一己
化三千,七十士尔'为一句,言一身所化士有如此也。'小生八九子
佳'为一句,盖八九乃七十二,言三千人中七十二人更佳也。'作仁可
知礼也'为一句,作犹为,仁与礼相为用,七十子善为仁,其于礼可知
也。此说不知所本,要足以广异闻。"

沪渎唱和诗序

　　道光辛丑秋,余驻兵上海,防堵英夷,适朱兰坡同年^珔、黄霁青太
守^{安涛},先后来访,皆昔年宣南诗社旧侣。兰坡别不过七年,霁青则别
二十余年,此番不期而遇于戎马倥偬之中,真喜出望外矣。时霜蟹初
肥,因招集行馆中,饮酒赋诗。乃不数日,即为抟沙之散,怅良会之大
难,惜胜游之不再,每思作一小文,缀缕其事,而匆匆未暇以为也。今
夏养疴浦城,忽承霁青以诗文集见寄,反覆卒读,如同晤谈。诗名《息
耕草堂诗集》,文名《真有益斋文编》,中有《沪渎行馆雅集诗序》一篇,
则正述丑秋之事。故人千里,适有同心,为之狂喜,遂亟录之,庶几此
文传,而吾辈亦因以俱传也。文云:鄙人以辛丑暮秋,旅食沪渎,适
泾县朱兰坡先生,因嵇、吕之契,访崔、李之交,命驾而来,盍簪有喜。
时长乐梁公,方开府吴中,筹边海上,为东道主,续南皮游。折简而材
官驰,张筵而卫士屏。巨螯入手,旨逾八珍,落英满杯,香生九醞。邈
矣达官之高致,依然京国之故情。听晚吹于营门,方愁送客;点风灯
于牙帐,倘许收欢。沪渎人杂五方,地无重险,戎心狡启,蒿目多艰。
前此置吏,或闭关以禁奸,或沉船以塞口,商民交病,怨讟繁兴。公则
秉和以辑众心,主静以孚众志,斟酌于同欲,措置于无形。以故人孑
孑而公有余,人皇皇而公独暇。否则朝野殊其荣素,身世判其闲忙。
又安望羽书填委之余,寻文燕从容之好,如此集者哉!席既罢,公顾
谓鄙人良会无多,今日可惜时之过也,文则永之。速羡罗睺,争砍陈
于风云之表;迟惭司马,勉磨钝于砥砺之旁。制限七言,人各四首。
邺中公宴,让彼七子之多;汉上题襟,即此一编之续云尔。

高 雨 农 序

道光壬辰秋，余初次归田，暇辄类次前后所为杂文，自知体杂而辞支，不足以言载道。顾三十年来，时有纪事之作，不忍弃之如遗，姑摭拾丛残，就正于高雨农中翰。雨农遽为之序，且有溢美之辞。噫，余文不足存，而雨农之序则甚可传。余或附之以存，未可知也。因先附录于此，他日儿辈或编梓余文，则雨农序实启之，不可不记。序云："韩子论文曰慎其实，夫其谓实者，岂专于文求之哉！不于文求之而充其实，岂不足于文哉！譬置两人集于此，一无实而求工于文，一有实而不以文自名，如以文论，宜求工者胜，不以自名者绌矣。然彼无实之文，于古文冥追而默契之。肖其体格焉，又肖其声情焉，可谓尽其心于文字之间者。要之体格之肖，土偶之面目而已；声情之肖，优孟之衣冠而已。羊质而虎皮，但见其可狎，不见其可畏，君形者亡焉耳。而有实者，亦既昭晰无疑，优游有余矣。即不以文自名，其为文者故在也。因综论之，自韩子复古后，同时之柳、李，宋之欧阳、曾、王、三苏，元之虞，明之归、王、固斯文大宗矣。其外有实而可贵者，区其体有三焉。清明和吉，德人之文也；总揽横贯，学人之文也；坐而言者，可起而行，通人之文也。三者不必求似古人，韩子以为能自树立，不因循者是也。不必不似古人，欧阳子以为取其自然者是也。其精气充溢，方烜照不泯，岂不可自成一家哉！长乐梁方伯茝林先生，起家词臣至今职，勋劳内外，为国屏翰。其著《紫藤吟馆诗钞》，久风行海内；既成政归，裒其文若干卷，为《退庵文存》，属澍然论之曰：'某平生精力，半耗于仕宦，亦半耗于诗，其文但率胸臆言之，未能求工也。'澍然谨对曰：'文何必求乃工哉！求工之工，是谓有人之见存，未见其能工也。已受而卒业，见有清明和吉者，有总揽横贯者，有坐而言已起而行者，叹曰：兹岂非实遂而光煜者邪？三者得一，已足自名，况兼有之乎？先生之不求工，乃先生之深于文也。'谨述所见，请质以报，敢云序先生集哉！"按雨农此序，作于道光甲午，次年余即奉召复出，迄兹十年中间，人事牵率，又添作杂文数十篇，而心计愈粗，故步愈失。雨农久已物故，此后谁复相知定吾文者乎？掷笔为之怃然。

已刻未刻书目

余髫龄即慕著书之名，与泽卿兄同入家塾，每分检陶九成《说郛》中所录各小种，刺取他书补之。先大夫斥之曰："陶书本系节录，何烦汝补，此韩文公所谓无益费精神也。"先叔父太常公乃从旁解之曰："此正古人所谓有斐然述作之意者，听其所为，犹胜于他玩弄耳。"登乡荐后，复稍稍为之。先外舅郑苏年师又训之曰："古人著书，多在迟暮之岁，或出穷愁之余，今吾子似尚不宜急急于此。"余皆谨识之，不敢忘。既通籍，官京师，日与通儒硕士上下其议论，又京秩清暇，非书籍无以自娱。即外宦后，案牍余闲，别无声色之好，亦惟甄微阐幽，抱残守缺是务。岁月既积，卷帙遂多，而衡诸古人著述之原，其实毫无心得。回忆先大夫及太常公、苏年师之训言，不觉爽然若失。今年逾七十，笔砚久荒，料检陈编，皆数十年心血所存，不忍尽弃，中有已刻问世者，有尚未能付梓者。自怜享帚之愚，难免覆瓿之诮，姑录存其目，付后人知之，俾无失散云尔。

《论语集注旁证》二十卷自序。未刻。

《孟子集注旁证》十四卷自序。未刻。

《夏小正经传通释》四卷祝芳斋师序。未刻。

《仓颉篇校证》三卷就孙渊如观察原本而校补之。未刻。

《称谓拾遗》十卷未刻。

《古格言》十二卷刘金门侍郎序，汤敦甫阁老序，刘次白中丞序。已刻。

《国朝臣工言行记》十二卷未刻。

《三国志旁证》二十四卷未刻。

《南省公余录》八卷谢芗泉侍御序，附卢文肃师、戴金溪尚书、颜惺甫制府、孔荃溪方伯、薤湘林都统、达玉圃郎中各题词。已刻。

《枢垣纪略》十六卷朱咏斋尚书序，自序。已刻。

《春曹题名录》六卷未刻。

《东南峤外书画录》二十卷未刻。

《文选旁证》四十六卷阮云台师序，朱兰坡侍讲序，自序。已刻。

《玉台新咏读本》十卷未刻。

《制艺丛话》二十四卷朱兰坡侍讲序，杨芸士明经序。未刻。

《试律丛话》十卷吴棣华廉访序。未刻。

《楹联丛话》十二卷陈莲史方伯序，自序。已刻。

《楹联续话》四卷自序。已刻。

《巧对录》四卷自序。已刻。

《长乐诗话》八卷自序。未刻。

《南浦诗话》四卷祖舫斋师序。已刻。

《东南峤外诗文钞》三十卷陈恭甫编修序，皆录五代以前作。未刻。

《闽诗钞》五十卷皆录宋以后至国朝各诗。未刻。

《三管诗钞》五十八卷辑录广西通省古近人遗诗。已刻。

《三管诗话》四卷。自序。已刻。

《三山唱和诗》十卷壬辰秋至乙未春里居所辑。未刻。

《东南峤外诗话》二十卷未刻。

《江田梁氏诗序》九卷自序。已刻。

《退庵诗存》二十四卷翁覃溪师序，附蒋砺堂阁老、刘金门侍郎、陈望波尚书、曾宾谷中丞、叶筠潭方伯、吴巢松侍讲、陈恭甫编修、吴棣华廉访、郭频伽、董晋卿、杨芸士三明经题词。已刻。

《退庵诗续存》八卷自序。已刻。

《退庵随笔》二十四卷汤敦甫阁老序，贺耦庚制府序。已刻。

《闽文复古编》六卷未刻。

《闽文典制钞》四卷自序。已刻。

《沧浪亭志》四卷自序。已刻。

《沧浪题咏》二卷张兰渚中丞序，林少穆尚书序，杨芸士明经序。已刻。

《梁祠辑略》二卷朱兰坡侍讲序，为吴中新建梁伯鸾高士祠作，自序。已刻。

《江汉赠言》二卷黎湛溪河帅序，王槐午观察跋。已刻。

《东南棠荫图咏》三卷朱兰坡侍讲序，自跋。已刻。

《吴中唱和集》八卷自序，王香湖方伯跋，皆录吴中同年唱和之作。已刻。

《鲒江别话》四卷皆录壬辰年引归吴中,同人送别之作。未刻。

《北行酬唱集》四卷陈芝楣中丞序,道光乙未奉召时所辑。已刻。

叠 韵 诗

余作《七十自寿诗》,浦中人和者寥寥,每借口于韵脚之难。其实余成此诗时,即已为和作者地,并无险难之韵也。适杨竹圃亲家自扬州寄和原韵诗至,余即叠前韵答之。既思竹圃新春亦正七十,复叠前韵寄祝。虽诗格愈低,而运转自如,并不觉为韵所缚也。因备录前后两叠韵诗,以谂观者,以示家人,使知余虽老衰,而于此事尚复兴不浅耳。杨竹圃亲家次韵寄和拙作《自寿诗》,叠前韵赋谢云:"俚言一片付鳞鸿,四十余年过景匆。君之季父养亭先生,延先资政公主讲其家,余之交君始此,事在嘉庆二年。变灭云烟凭海上,逍遥日月自壶中。偶因陶写诗无债,为遣牢愁酒有功。南北相望二千里,天然两个信天翁。""归田何事不真归,双塔三山梦里违。阛阓讵堪参卉服,英夷要住白塔寺。庭阶且自看莱衣。豪情君欲凌沧海,时君将就养哲嗣安丰场官之任,地在监城海滨。小筑吾欣倚翠微。浦城新居在粤山之麓。但愿故人长健在,桑榆异地共晴晖。""尚忆邗江一櫂移,绿杨深处两家宜。二分明月空怀悄,万朵名花春事迟。小合苔岑增感怆,谓谢苇石。无端萍水又分离。时海氛甚恶,扬人纷纷欲逃避。余初与君相约静镇不动,既乃各自食其言。伯劳飞燕匆匆散,从此天涯系远思。""朋好来年聚话难,知君一例起长叹。卜居有愿诗人老,杨雪苇光禄有诗来夸新宅之美。行水无功国典宽。廖钰夫尚书。旧帅仍怀忠恼赤,苏鳌石督部。逐臣深望诏书丹。林少穆督部。春明伴侣晨星似,何日团圞续古欢。"叠前韵《寄祝竹圃亲家七十寿》云:"同是乘时遇顺鸿,回头人海各匆匆。自耽儒素非寒乞,为念时艰岂热中。泽在云司应有报,风清榆塞不言功。公由刑部郎出为榆林兵备道。盛时进退原容易,林下新添矍铄翁。""连城新道孰当归,到处安家愿不违。公本,籍连城,迁居福州新道,兹复寄居扬州安家巷。筹笔深心消黑劫,影缨异数称斑衣。公以武冈军功蒙,赏戴花翎。倦还岂学陶元亮,戒养难留束广微。公甫晋卿秩,旋乞养归为感九重宏锡类,白头犹许恋慈晖。""侧闻仙侣晚舟移,无恙归帆稳更宜。初以避海氛移家淮上，事定即归。诗兴多缘朋旧起，手谈不厌夜眠迟。偶钻故纸仍游戏，暂掌安定书院讲席，旋即辞去。为勘新硎听别离。哲嗣四人皆从政外出。安得腰缠再骑鹤，称觞一醉尉相思。本拟再游邗上，亲奉寿觞，闻公将就养安丰，遂不果。""七十年华古所难，神交何必索居叹。介眉酒值春筵巧，放眼添筹海屋宽。公诞辰当正月，安丰地滨海。话旧尚能霏玉屑，延龄端不籍金丹。松萝竹柏齐珍重，记取新开八衮欢。古人以七十一岁为开八衮，《容斋随笔》言之甚详。"

和卓阁老纪恩诗

余本拟年逾七十戒诗不作，今年七十有一，新正甫数日，即次韵汤敦甫阁老同年《游龙杖诗》。甫脱稿寄去，不旬日，又接卓海帆阁老同年索和《真除揆席纪恩诗》，复连宵于枕上成之，自笑甫说戒诗，旋即破戒，道力之不坚定可知。或笑余开年但和两阁老诗，未免势利，余亦无以自解也。明知此后不复编诗付梓，而又不忍听其过若飘风，姑付录之于此。记得嘉庆壬戌传胪后，恭读圣制诗，注云："庶异日卓有表见，人称名榜。"今始知公姓于四十年前早兆于天语之中，宜其为名榜中第一人也。诗云："有喜联翩近圣颜，更欣新诏及春颁。九重早日资霖雨，嘉庆壬戌传胪日，圣制诗有"若渴求贤望作霖"句。百廿余年重雪山。蜀中自遂宁相公以雍正元年授武英殿大学士，迨兹一百廿三年。表见真符天语谶，承平但望日思艰。云龙追逐当时志，愧我衰龄独闭关。""仰镜倾风九品铨，公久掌铨衡，即以冢宰晋端揆。酬庸合被王恩偏。杜房已久参丹地，近年参知政事者以公为最久。瓌颐由来共本天。谓哲嗣鹤溪编修。盛可弹冠怜我老，何须搦管怵人先。元唱于百日后始得捧读。寄声三百霓裳侣，四十年前漫拍肩。"

楹 联 剩 话

余撰《楹联丛话》，初刻于桂林，一时颇为纸贵。近闻粤西、湘南两省皆有翻刻本，后至扬州，书坊亦欲谋翻刻，阮云台师为怂惠余充成之,于是又有扬州翻刻本。既归闽,侨居浦城,汇检后得者,又编成六卷付梓,题曰《楹联续话》,而乞者愈多矣。尚有同人续录见寄者,则细碎不能成编、而竟置之,又复可惜,因附入《归田琐记》之后,庶不负录寄者之盛心云尔。

粤西余小霞州判应松所录寄联话最多,如姜南蓉塘纪闻一条云:"正德中,以江都赵鹤为山东按察司提督学校副使,鹤政尚严厉,所至考校生员,多所罢黜,众议纷然,搢绅亦多厌之,竟以此罢官。鹤去,以贵溪江潮代之。潮亦风裁凛然,生员之伤弓者犹畏之。潮出巡至齐河县,其分司壁间有题对句云:'赵鹤方剪羽翼,江潮又起风波。'潮见之,遂投劾归,恐招怨也。"又《聪训斋语》一条云:"圃翁尝拟一联,悬草堂中云:'富贵贫贱,总难称意,知足即为称意;山水花竹,无恒主人,得闲便是主人。'其语虽俚,却有至理。"又王笠舫《琅嬛集》一条云:"李东阳寿商文毅辂七十对联云:'自古年华稀七秩,本朝才望重三元。'按出句用'人生七十古来稀'语,自是佳典。我朝乾隆年间,恭逢高宗纯皇帝寿登七十,自称古稀,刻有'古稀天子'之宝,则此后普天臣子断不可再有古稀之称,而近日操觚者流,尚有贸贸不知此事者,所宜正告之也。"程南樵《樵余诗话》云:"汪瑟庵先生为安徽学政时,循例至金陵试院考录遗才,撰楹帖云:'三年灯火,原期此日飞腾,倘存片念偏私,有如江水;五度秋风,曾记昔时辛苦,仍是一囊琴剑,重到钟山。'道光初,有太平广文某,以送考来金陵。故事:广文送考者,例向学使求所属遗才二名,是科为沈小湖学使,一概谢绝。某广文戏改前联云:'三年辛苦,只求两个遗才,倘蒙片念垂恩,感深江水;百计哀号,不管八棚伺候,拼着一条老命,撞死钟山。'后学使亦微闻之,不罪也。"又余小霞赠汪西芝巡检楹联云:"菜根滋味知君惯,潭水交情爱我深。"皆切其姓。又壬寅罢官,舟过藤县,温心山明府鹏翀初建访苏亭落成,代姚若虚撰联云:"万里赴琼儋,夜起江心弄明月;一亭抚笠屐,我从画里拜先生。心山以蓓林中丞师所遗《苏公笠屐图》勒石。"又自撰一联云:"公是孤臣,明月扁舟留句去;我为过客,空江一曲向谁弹。"盖檃括文忠公《藤江》五古诗意也。又代鹤松圃年重建阳朔县书院讲堂一联云:"文笔耸层霄,爱此间对万壑潆洄,教化由来先党序;

书楼崇讲席，愿多士做千秋事业，显扬不仅为科名。"文笔、书楼皆阳朔古迹也。又代曾幼竹明府挽兴静山太守云："廿年无此深交，最可感老尚依刘，久而弥笃；一病犹勤官事，更堪伤危将易箦，语不及私。"又代幕友黎白仙云："治谱已千秋，是名宦传人，最堪惜正盼迁莺，遽悲化鹤；齐民同一哭，况平生知己，更难忘几番说项，五载依刘。"又应松挽吴荷屋中丞云："为名士，作词臣，任封疆大吏，爱路近家园，小住桂林营绿野；工书画，考金石，著燕许文章，怅迹疏坛坫，遽闻兜率迓香山。"时中丞侨寓桂林，应松解组后，甫得联文酒之盟，而中丞遽捐馆舍，故次联及之。又万乙楼太守集杜句赠应松云："古来材大难为用，老去悲秋强自宽。"又忆得湖南抚部某到任，初入本境，有某来迎，谈次，问湖南有新闻乎？某猝不及对，久之乃曰："无新闻，惟近时有一对甚工，有某县令姓续名立人者，一人戏以其姓名演成一对云：'尊姓原来貂不足，大名倒转豕而啼。'此语颇脍炙人口。"抚部笑而罢。及到任，竟撼以他事劾去。抚部不知何所见，实则令乃一好官也。此道光近年事。

福州学署中三百三十三士亭，为朱筼河先生所建，亭前有三百三十三石，皆当时诸生所献，每石镌一诸生名，今尚林立无恙。筼河先生报政将还朝，适介弟石君师来代，先生撰亭联云："偶为选地看山计，若慰连床话雨情。"运化无痕，自非老手不办。

徐树人观察有泰山孔子崖集句石刻云："仰之弥高，钻之弥坚，可以语上也；出乎其类，拔乎其萃，宜若登天然。"又高唐州武庙为山西乡祠观察撰联云："乡人到处皆祠祝，先帝当年此宦游。"昭烈帝曾令高唐，故云。又集唐开元《泰山铭》字为楹帖云："载锡之光，百禄是荷；则笃其庆，万福攸同。"又一联云："积德承先，子臣弟友；虚心稽古，礼乐文章。"又济南府江南会馆云："表海溯雄风，今乐何如古乐；明湖联旧雨，济南胜似江南。"

林岵瞻比部在京为其祖母称觞，余大儿逢辰赠联云："致欢久协曹全谍，介福长酬令伯情。"皆切祖母，说重亲。致欢，用《曹全碑》语，非素讲汉隶者不知也。介福，亦用《易经》"受兹介福，于其王母"语。

有杭人赵京者，因病入阴司，举头见柱上一联云："人鬼只一关，关节一丝不漏；阴阳无二理，理数二字难逃。"后署"会稽陶望龄题"。

广东省城有武林会馆，在归德门外晏公街，杭州商贾于此醵金创建。既落成，其乡人梁应来绍壬为撰楹帖云："一阕《荔支香》，听玉笛吹来，遍传南海；双声《杨柳曲》，问金尊把处，忆否西湖。"真雅音也。

王卡兰《避暑钞》中载侯官连梅耦明经攀桂所作楹联多可采，如云："暗室中须问心得过，平地处亦失足堪虞。""幼不学，壮无能，伤今老大；过愈多，功又少，请自乘除。""始念佳而转念不佳，见义无勇；一事错而凡事皆错，择术未精。""四十二年碌碌无奇，安得出人头地；三百六日孳孳为利，何堪昧我性天。""显扬之谓何，筋力渐衰，叹利名无就；教诲不可已，心思既竭，望子弟能贤。"按"利名无就"四字，近俗有友人代，改之曰"行藏无据"，似较胜也。

朱竹垞先生尝为施粥厂作联云："同是肚皮，饱者不知饥者苦；一般面目，得时休笑失时人。"此较《随园诗话》所载题养济院一联，稍有含蓄。

贵州省某驿馆中有一联云："满眼尽穷黎，奚忍多用一夫，误他举家生活；两头皆险路，何不缓行几步，积君无限阴功。"仁人之言，亦积无限阴功，便是当头棒喝矣。

袁简斋先生尝言，神庙联以用成语为宜，然亲切浑成而有味者，不可多得。闻张睢阳庙一联云："须髯辄张，凛凛有生气；颜色不乱，阳阳如平常。"此本传与韩文本为睢阳写照，难得天然作对耳。又金陵三圣庙祀刘、关、张，其联云："若傅粉，若涂朱，若泼墨，谁言心之不同如其面；为君臣，为兄弟，为朋友，斯诚圣不可知之谓神。"此联脍炙人口，然三圣字已觉未安，而"傅粉"、"涂朱"、"泼墨"等语，皆不见古籍，"兄弟"二字，尚本史傅，而"朋友"二字，又是虚谈矣。

京师浴堂门首联云："入门兵部体，出户翰林身。"盖上句借音为冰布体，下句借音为汗淋身也。嘉庆乙丑，聂蓉峰铣敏以庶常改兵部主事，至己巳万寿，聂复以撰进颂册赏编修，有友人戏举浴堂联句赠之，皆以为巧合。

张诗舲方伯知余方续集联话，自桂林手书一纸寄来云："文远皋先生以翰林历掌文衡,官步军统领,卒于驻藏大臣之任。丧归京师,曾撰联奉挽云:'内相经文兼纬武,西方成佛即升天。'祥符大工未合龙以前,正月初三夜,走埽下南同知王汉沉焉,越七日,求尸不得,以衣冠敛,亦撰联吊之云:'七日招魂,屈子衣冠轻似蜕;九重赐恤,王尊名节重于山。'又题风洞山云:'漓江水绿招凉去,常侍诗清赏雨来。'又题五咏堂云:'雄藩胜览曾开面,太守风流尚读书。'"

古人云:"一死一生,乃见交情。"余有所撰知好挽联,必出手制,然但抒哀恨,且冀以存其人,不暇计工拙也。在扬州挽淮扬观察李石舟_{国瑞}云:"吴会领班联,实政真无惭益友;淮扬瘁心血,虚衔何以慰衰亲。"余在苏藩,会调石舟为首郡,甚资臂助,既擢淮扬道,以河壖出力,加运使衔,殁时其慈亲尚在堂也。又挽江宁方伯成兰生_{世瑄}云:"望断黔阳,可怜万里云驭,依然将母;魂消白下,共惜半年风鹤,了却孤臣。"客冬嗅夷之扰,余防堵上海,督部远驻镇海,时金陵惟兰生一人支拄,风鹤之警,无日无之,往来书问,间日必至,皆商略夷务军情,意见颇合。自余引疾后,兰生势益孤,遂以忧死。闻灵船由长江回贵州,尚烦太夫人扶衬也。在苏州日,挽吴县令贺吉人_{崇禧}云:"百里旧神君,剸牍未酬举主愿;卅年前进士,盖棺犹是宰官身。"吉人为余十余年前所荐卓异,至今未进一阶。近余重莅吴门,复以同知奏荐,奉部覆准之日,吉人已不及见矣。又寄挽归安沈香城别驾_廉云:"淮浦最倾襟,脱颖为君欣得地;吴门方扫榻,遗函报我已生天。"余延香城于袁江署斋三年,甚相得,香城得官后,改执弟子礼甚恭。近以夺官归里,余急折简迎之,甫得报书,旋闻化去,尚未及中寿也。在浦城挽周芑源广文云:"一乡善人,勖哉一弟分忧,一孤在抱;两行老泪,痛此两年盛会,两世交期。"余到浦后,逭暑消寒之会颇盛,芑源辄在坐,尝称之为一乡善人,同人无异辞也。又寄挽杭州许太淑人云:"桂岭芜城,随地齐歌众母母;萱心莲性,生天早现法身身。"太淑人之子,两淮分司小琴_{惇诗}、粤西太守芗友_{惇书},皆余门下士,居官并有循声云。

余解组后,戏作一篆印云"难进易退"。学者阮云台师见而喜之,为推其意,辑古语作楹帖相赠云:"难进易退,易事难悦;先劳后禄,后乐先忧。"余甚愧其言。谢荖石同年赠联云:"乾隆末举秀孝,嘉庆初历翰部,道光间掌封圻,回首功名成百顺;经史部有旁证,艺文家喜博稽,政事门备掌故,等身著述自千秋。"今年为七十诞辰,福州王朿兰以联寄祝云:"二十举乡,三十登第,四十还朝,五十出守,六十开府,七十归田,须知此后逍遥,一代福人多暇日;简如格言,详如随笔,博如旁证,精如选学,巧如联话,富如诗集,略数平生著述,千秋大业擅名山。"亦皆就余篆印语而衍之者也。

卷七

小　　说

　　小说九百，本自虞初，此子部之支流也。而吾乡村里辄将故事编成七言，可弹可唱者，通谓之小说。据《七修类稿》云：起于宋时，宋仁宗朝太平盛久，国家闲暇，日欲进一奇怪之事以娱之，故小说兴。如云话说赵宋某年，又云太祖、太宗、真宗帝，四帝仁宗有道君。瞿存斋诗所谓"陌头盲女无愁恨，能拨琵琶说赵家"，则其来亦古矣。

封　神　传

　　吾乡林樾亭先生言：昔有士人馨家所有嫁其长女者，次女有怨色，士人慰之曰："无忧贫也。"乃因《尚书·武成篇》"惟尔有神，尚克相予"语演为《封神传》，以稿授女，后其婿梓行之，竟大获利云云。按《史记·封禅书》云："八神将，太公以来作之。"《旧唐书·礼仪志》一引《六韬》云："武王伐纣，雪深丈余，有五车二马，行无辙迹，诣营求谒，武王怪而问焉。太公曰：'此必天方之神来受事耳。'遂以其名召入，各以其职命焉。"《太平御览》十二引《阴谋》，所载与此略同，而以祝融、玄冥、勾芒、蓐收为四海神名，冯修为河伯神名，使谒者各以其名召之。五神皆惊云云。则知太公封神，古有此说。今人于门户每书"姜太公在此，百无禁忌"，亦非无所本矣。

三　国　演　义

　　《关西故事》载蒲州解梁关公，本不姓关，少时力最猛，不可检束，父母怒而闭之后园空室。一夕，启窗越出，闻墙东有女子啼哭甚悲，有老人相向而哭。怪而排墙询之,老者诉云:"我女已受聘,而本县舅爷闻女有色,欲娶为妾,我诉之尹,反受叱骂,以此相泣。"公闻大怒,仗剑径往县署,杀尹并其舅而逃。至潼关,闻关门图形捕之甚急,伏于水旁,掬水洗面,自照其形,颜已变苍赤,不复认识。挺身至关,关主诘问,随口指关为姓,后遂不易。东行至涿州,张翼德在州卖肉,其卖止于午,午后即将所存肉下悬井中,举五百斤大石掩其上,曰:"能举此石者与之肉。"公适至,举石轻如弹丸,携肉而行。张追及,与之角力相敌,莫能解。而刘玄德卖草履亦至,从而御止,三人共谈,意气相投,遂结桃园之盟云云。语多荒诞不经,殆演义所由出欤?按今时以五月十三日为关帝生日,见《明会典》,今会典亦循旧致祭。但子平家推算八字为四戊午,则非也。公死于建安二十四年己亥,元胡琦考之,当在六十上下,果戊午,仅四十有二耳。戊午乃光和元年,考《通鉴目录》,是年四月庚午朔,五月己卯朔,无戊午日。且古人始生,只记年月日,不及时,故唐李虚中推命犹不以时,见《韩昌黎集》。按今演义所载周仓事,隐据《鲁肃传》;貂蝉事,隐据《吕布传》,虽其名不见正史,而其事未必全虚。余近作《三国志旁证》,皆附著之。

金　圣　叹

今人鲜不阅《三国演义》、《西厢记》、《水浒传》,即无不知有金圣叹其人者,而皆不能道其详。王东溆《柳南随笔》云:金人瑞,字若采,圣叹其法号也。少年以诸生为游戏具,得而旋弃,弃而旋得,性故颖敏绝世,而用心虚明,魔来附之。某宗伯作《天台泐法师灵异记》,所谓慈月宫陈夫人以天启丁卯五月降于金民之卟者,即指圣叹也。圣叹自为卟所凭,下笔益机辨澜翻,常有神助,然多不轨于正,好评解稗官词曲,手眼独出。初批《水浒传》,归元恭庄见之曰:"此倡乱之书也。"继又批《西厢记》,元恭见之,又曰:"此诲淫之书也。"顾一时学者爱读圣叹书,几于家置一编。而圣叹亦自负其才,益肆言无忌,遂陷于难。初世庙遗诏至苏,巡抚以下大临府治,诸生从而讦吴县令不法事。巡抚朱国治方瞋令,于是诸生被系者五人。翌日,诸生群哭于文庙,复逮系十三人,俱劾大不敬,而圣叹与焉。当是时,海寇入犯江南,衣冠陷贼者,坐反叛,兴大狱。廷议遣大臣即讯,并治诸生。及狱具,圣叹与十七人俱傅会逆案坐斩。闻圣叹将死,大叹诧曰:"断头,至痛也,而圣叹以无意得之,大奇。"于是一笑受刑云。

神　　木

归途过杭州,由城外西湖取道,小憩净慈寺中,儿辈以运木井为疑。寺僧云:相传为宋嘉定时,道济大师因起净慈殿,需大梁栋,悉由此运出。适殿材已具,故后到之一木即仍存井中,言之凿凿,语似不经。然佛力无边,有不可以常理测者。何燕泉《余东序录》载:永乐四年,肇造帝京宫殿,工部尚书宋礼承命取材于蜀,得大木若干于马湖。一日,木忽自行,所过声吼如雷,巨石为开,肤寸不损。事闻,诏封其山为神木山,建祠祭享。此事史虽不载,而时代甚近,谅非子虚,则净慈之事,何足为怪?记嘉庆辛酉,余在京过夏,是年京畿大水,顺天府属三河等县,水高数丈。有木直立水中而行,端与水平,端上恒有光,夜望若灯。或有龟鱼蹲其上,相传为龙造宫取木也。邑父老有知其事者,谓木取于平谷县深山中,或十余年,或二十余年辄一取,其岁必大水。又有老妪言幼时其戚某家北山下,一日,有六七人如木工状,暮投村中,皆不肯留,因诣戚某家,怜而止之宿。天明,客尚未起,穴窗以窥,但见鱼鳖纵横于地,惊而退,乃遥呼曰:"日高矣!"顷之客出,故如昨也。临行留一物置檐间为谢,嘱勿移动。及水发,村庐尽淹,此家独无恙云。道光癸未夏,淫雨为灾,直隶百余州县皆成巨浸。先是三月间,有十三人衣青,鞋袜襦裤皆一色,腰斧锯,过平谷西门外饭肆,各食素馒头,告主人以取木归,与前辛酉过其店者形状相类。众皆惶惧,恐复被浸,至是果然。然则龙宫伐木,事有明征,佛殿运木,理亦可信矣。

钓　台　诗

七里滩舟中,偶从篷窗望见钓台,高倚天半,回忆四十余年前曾经登眺，此景如在目前。偶以指示儿辈，有踊跃欲系缆一登者，船中柁工水手皆不欲，谓登台者多不利，遂止。余曰："此语不必尽然。"然记嘉庆辛酉年，公车过此时，同计偕者五人：齐北瀛鲲、陈酉山国铨、吴和庭观乐，皆不欲登。余与陈虚舟龙标贾勇跻其巅，曾有诗纪之。是科北瀛成进士，酉山、和庭皆大挑一等，惟余与虚舟打毨毲而回，则不可谓俗谚之竟属子虚也。因翻示我周行中诗句示之，谓"羞见先生面"二语，固已明明告我耳。恭儿问此诗有可考否，余曰："此诗见《元诗选》，为赵蒙斋所作。蒙斋名璧，字宝仁，云中怀化人，官至平章政事。《元诗选》亦只存此二十字，惟'利名'二字作'卿相'，亦不知其何所据也。"

首　　县

小住衢州府城，西安令某极言冲途附郭县之不可为，因举俗谚"前生不善，今生知县，前生作恶，知县附郭，恶贯满盈，附郭省城"云云。按此语熟在人口，宋漫堂《筠廊随笔》已载之，云其先文康公起家阳曲令，常述此语，则其来亦远矣。近时有作首县十字令者，一曰红，二曰圆融，三曰路路通，四曰认识古董，五曰不怕大亏空，六曰围棋马钓中中，七曰梨园子弟殷勤奉，八曰衣服齐整，言语从容，九曰主恩宪德，满口常称颂，十曰坐上客常满，樽中酒不空。语语传神酷肖，或疑"认识古董"四字为空泛，不知南中各大省州县交代，全凭首县核算，有不能不以重物交抵者。余在江南，尝于万廉山郡丞承纪处见英德石山一座，备皱瘦透之美，中有赵瓯北先生镌题款字，云系在丹徒任内交代，抵四百金者。又于袁小野郡丞培处见一范宽大幅山水，亦系交代抵五百金者，使非认识古董，设遇此等物，何从判断乎？若第十字所云，则亦惟南中冲途各缺有之，偏远苦瘠之区，尚攀跻不上也。

典　　史

各县典史为流外官，古但称吏攒而已，然往往亦擅作威福，有为作十字令者云：一命之荣称得，两片竹板拖得，三十俸银领得，四乡地保传得，五下嘴巴打得，六角文书发得，七品堂官靠得，八字衙门开得，九品补服借得，十分高兴不得。曲终奏雅，则非但雅谑，而官箴矣。

上 衙 门

州县衙参情状，各省大略相同。桂林有分段编为戏出者，尤堪喷饭。一曰乌合，二曰蝇聚，三曰鹊噪，四曰鹄立，站司道班。五曰鹤惊，六曰凫趋，七曰鱼贯，八曰鹭伏，九曰蛙坐，十曰猿献，谢茶。十一曰鸭听，十二曰狐疑，十三曰蟹行，十四曰鸦飞，十五曰虎威，各喊舆夫。十六曰狼餐，十七曰牛眠，十八曰蚁梦。此皆余所见所闻者，当时不觉其可笑，归田后历历忆之，真可入《启颜录》也。

清 客

都下清客最多，然亦须才品稍兼者方能自立，有编为十字令者曰：一笔好字，二等才情，三斤酒量，四季衣服，五子围棋，六出昆曲，七字歪诗，八张马钓，九品头衔，十分和气。有续其后者曰：一笔好字不错，二等才情不露，三斤酒量不吐，四季衣服不当，五子围棋不悔，六出昆曲不推，七字歪诗不迟，八张马钓不查，九品头衔不选，十分和气不俗。则更进一解矣。程春庐曰："果能如是，虽近今翰苑诸君，何以加此。"然吾见亦罕矣。

酒 令

酒令有雅而谑者，宋人即尚之。如孟尝门下三千客，大有同人。或曰光武师渡滹沱河，既济未济。或曰刘宽婢羹污朝衣，家人小过。东坡曰："牛僧孺父子犯罪，先斩小畜，后斩大畜。"当时盖指王荆公也。前明陈询忤权贵被谪，同僚送行，因钱席说令，陈循曰："轟字三个車，余斗字成斜，車車車，远上寒山石径斜。"高穀曰："品字三个口，

水酉字成酒,口口口,劝君更尽一杯酒。"询自言曰:"蟲字三个直,黑
出字成黜,直直直,焉往而不三黜。"有张、李二人互相谑者,张名更
生,李名千里,因席间举令,李曰:"古有刘更生,今有张更生,手中一
本《金刚经》,不知是胎生,是化生,是卵生。"张曰:"古有赵千里,今有
李千里,手中一本《刑法志》,不知是二千里,是二千五百里,是三千
里。"又江南无锡令卜大有,善戏谑,闻新任宜兴方令者,年少而有口
才,与同僚武进令商议,其日有公宴,预拟一令,欲以窘新宜兴。既入
席,卜曰:"我有一令,不能从者罚一巨觥。"乃曰:"两火为炎,此非盐
酱之盐,既非盐酱之盐,如何添水便淡。"武进令曰:"两日为昌,此非
娼妓之昌,既非娼妓之昌,如何开口便唱。"新宜兴方令曰:"令不难
遵,只是冒犯卜老先生。"众曰:"但言之。"方曰:"两土为圭。此非乌
龟之龟,既非乌龟之龟,如何添卜成卦。"众乃大笑,服其敏捷。或云
此前明方大司马逢时事。

灯　谜

《韵鹤轩笔谈》云:灯谜有十八格,曹娥格为最古,次莫如增损
格,增损即离合也。孔北海始作离合体诗,其四言一篇曰:"渔父屈
节,水潜匿方。与时进止,出寺弛张。吕公饥钓,阖口渭旁。九域有
圣,无土不王。好是正直,安固子臧。海外有截,隼逝鹰扬。六翮不
奋,羽仪未彰。龙蛇之蛰,比他可忘。玟琁隐耀,美玉韬光。无名无
誉,放言深藏。按辔安行,谁谓路长。"此诗离合"鲁国孔融文举"六
字,如第一句"渔"字,第二句"水"字,"渔"犯"水"字而去"水",则存者
为"鱼"字。第三句"时"字,第四句"寺"字,"时"犯"寺"字而去"寺",
则存者为"日"字,离"鱼"与"日"而合之,则为"鲁"字,余皆仿此。此
外复有苏黄谐声、皓首粉底、正冠正履、分心素心、重门垂柳诸格,要
不及会心格为最古。《国语》:"秦客为廋辞于晋之朝,范文子知其
三。"此谜之缘始也。在《左氏》则有"河鱼庚癸"之言,在乐府则有"藁
砧石阙"之句,皆近于谜,特未施诸灯耳。国初毛际可作七绝十六首,
每句隐一古人姓名,其在《孟子》内,遂为传作。近时偶阅《七嬉》,见

《冰天谜虎》中一百二十八谜，颇有思致。如"一点胭脂"，打"赤也为之小"；"传语报平安"，打"言不必信"；"红旗报捷"，打"克告于君"；"人人尽道看花回"，打"言游过矣"；"恨不作第一人"，打"气次焉"；"官场如戏"，打"仕而优"；"昱"打"下上其音"；"走马灯"，打"夜行以烛，无烛则止"；"吃烟"，打"食在口则吐之"；"亥"打"一时半刻"；"亚元"，打"又是一个文草魁首"；"专门名家"，打"这人一事精，尤为警策"。余友僻耽，亦尝制《四书》古人谜，俱能别开生面。如"郁郁乎文哉"，打"华周"；"准饬差"，打"许行"；"春风才度玉门关"，打"泄柳"；"建安七子"，打"曹交"；"丝套"打"绵驹"；"三千宠爱在一身"，打"王欢"；"莫把丰肌认太真"，打"瘠环"；"自诉平生不得志"，打"陈辛"；"巨鳌无力冠灵山"，打"戴不胜"；"古貌"，打"陈相"；"三尸守夜"，打"彭更"；"超升按察司"，打"飞廉"；"孙"，打"子产"；"日躔大梁之次"，打"离娄"；"帝高阳之苗裔，帝高辛之苗裔"，打"龙子"。余谓之曰："如'日缠大梁之次'，未免太典，须得天文家来猜矣。"渠曰："谁家没得时宪书乎？"余为语塞，以是信开卷有益之言为不谬。

近 人 杂 谜

余养疴吴门，居沧浪行馆中时，来视余者为苏鳌石、吴棣华、钱梅溪、杨芸士、吴青士诸君子。病间亦不欲闻近事，酒次惟杂举觞令为戏。时值上元灯节，或以外间街市灯谜相闻者，率不能惬人意。因忆说部所载灯谜，有极浑成大雅及甚可解颐者，如"松子"猜《四书》一句；父为大夫。"分明《周易》语，却是《楚骚》心"，猜《四书》两句；象曰："郁陶思君尔。""止子路宿"，猜《四书》一句；季氏旅于泰山。"打胎"，猜《四书》两句既欲其生，又欲其死。"怕妻羞下跪"，猜《四书》一句；懦夫有立志。"四个头，八只眼，四只手，十二条腿"，猜《四书》一句；牛羊父母。"两个男的，两个女的，两个活的，两个死的，两个有名姓的，两个无名姓的"，猜《四书》一句；华周、杞梁之妻。"游方和尚庙无人"，猜《四书》两句；所过者化，所存者神。"节孝祠祭品"，猜《四书》一句；食之者寡。"睢阳城"，猜《四书》一句；巡所守也。"国士无双"，猜《四书》一句；何谓信。"朱笔写词字"，猜《四书》两句；未同而言，观其色赧赧然。"千不是，万不是，都是小生的不是"，猜《四书》一句；平旦之气。"佯"，猜《四书》两句；何可废也，以羊易之。"核"，猜《四书》两句，不连；果在外，仁在其中矣。"才名犹是杨、卢、骆，勃也何因要在前"，猜《书经》一句；王不敢后。"佳文字"，猜《书经》一句；惟敩学半。"主器莫如长子"，猜《诗经》一句；笾豆大房。"前头吹笛子，后头敲破锣"，猜《诗经》二句；鱼丽于罶，鳣鲨。"子贡曰：'惜乎，夫子之说，君子也，驷不及舌。文犹质也，质犹文也。虎豹之鞟，犹犬羊之鞟。'"猜《诗经》一句；与子成说。"朗诵《汉书》、《史记》"猜《左传》一句；有班马之声。"带见小门生"，猜《左传》一句；老师费财。"七月七日长生殿，夜半无人私语时"，猜官名一个；玉环同知。"晋襄公"，猜字一；爷。"赋得偃武修文得闲字"，猜字一；败。"春雨连绵妻独宿"，猜字一；一。"正月小，二月小，三月小"，猜字一；人。"从左看到右，此字在口头，从右看到左，居间却是我"，猜字一；仲。"夫妻猜拳，一个叫梅花，一个叫八马"，猜字一；语。"一个大，一个小，一个跑，一个跳，一个吃人，一个吃草"，猜字一；骚。"左看三十一，右看一十三，合拢来是三百二十三"，猜字一；非。"眉峰耸翠"，猜唐诗一句；山从人面起。"么二三四六"，猜宋诗一句；才有梅花便不同。"事父母几谏"，猜鸟名一；子规。"浣花草堂"，猜鸟名一；杜宇。"觅黑车王"，猜《西厢记》一句；全不见半点轻狂。"掠"，猜《西厢记》一句；半推半就。"禽"，猜《西厢记》一句；会少离多。"太史公下蚕室"，猜《琵琶记》二句；毕竟是文章误我，我误妻房。"用时丢在地下，不用时安在桌上"，猜物一；木玎。"子龙单身保阿斗"，猜药名三；常山、独活、使君子。"韩文公像"，猜《四书》两句，不连；今日愈，故退之。"卫宣美梦长庚入怀"，猜《礼记》二句；为伋也妻者，是为白也母。"息上加息"，猜《孟子》一句；以利为本。"戊辰"，猜《易经》二句；天数五，地数五。"吊者大悦"，猜《易经》一句；先号咷而后笑。"上是马，下是字，下是马，上是字，两头是马，中间是字"，猜字一。交。

禀　赋　不　同

昔人以夜卧不覆首为致寿之原，取其夜气之不郁蒸。又有百病从脚起之说,盖涌泉穴与心相通,风最易入,故养生家皆慎之。然人之禀赋不同,有不可以一律论者。相传曹文恪公_{秀先}卧被仅四尺余,只覆胸腹而已,赤两足置于被外,虽严寒亦然。刘文清相国_墉卧被甚长,睡时将被折为筒,叠其下半,挨入之,家人俟其入于被中,并将上半反叠如包裹状,虽酷暑亦然。是皆罕闻之事。然两公毕生泰然,并无伤寒伤热之证,且各登上寿考终,则理之不可解也。忆余官袁浦时,于霜降安澜后,同两部公筵河上三大宪,孙寄圃节相居中,左为颜惺甫漕帅_检,右为张莲舫河帅_{文浩},自巳初入席,坐至亥正,漕帅微露倦容,两目稍闭,节相睨之而笑曰:"三兄睡着了。"漕帅瞿然曰:"我正听曲,何曾睡耶?"节相曰:"三兄平日在署以何时睡?"漕帅曰:"必到亥初。"节相大笑,复左右视曰:"世上人有亥初即睡者乎?"语毕,复大笑不止,且对漕帅曰:"君言亥初必睡,今已亥正,又何以不睡乎?"漕帅正色曰:"我言署中常日如此,今夜有戏可观,有酒可酌,又胡为必睡耶?"满堂为之欢噱。少顷,漕帅问节相曰:"且请教中堂,在署以何时睡?"节相曰:"我照常办事时,必到子正始睡,否则丑初或丑正俱不可知,至寅初乃无有不睡者矣。"漕帅哂曰:"然则中堂不必言何时睡,但当言今日办事,明日睡而已。"合座又为大笑。二公言此时,皆年已逾七十。常闻人言,亥子之间必须熟寐一二时,否则大伤阴气。二公起居,远不相谋如此,而厥后并享大年。然则大贵人固不可以常情测度乎。

少 食 少 睡

今人以饱食安眠为有生乐事,不知多食则气滞,多睡则神昏,养生家所忌也。昔应璩诗言中叟得寿之由,曰量腹节所受。《博物志》言所食愈少,心愈开,年愈益;所食愈多,心愈塞,年愈损。孙思邈方书云:"口中言少,心中事少,腹里食少,自然睡少,依此三少,神仙诀了。"马总《意林》引道书云:"欲得长生腹中清,欲得不死腹无屎。"此皆古人相传养生之诀,而余于今人亦得其证。记在京日侍戴可亭师,请示却病延年之术,师曰:"我督学四川时,得疾似怯证,或荐峨眉山道士治之。道士谓与余有缘，能治斯疾。因与对坐五日，教以吐纳之方，疾顿愈，至今数十年，乃强健胜昔也。"时师年已八十余，风采步履，只如六十许人。自言每日早起，但食精粥一大碗，晡时食人乳一茶杯。或传师家畜一乳娘，每隔帐吸乳咽之，乳尽辄易人，盖已廿余年，师讳而不言也。余偶问曰："即此已饱乎？"师大声曰："人须吃饱乎？"又闻黄左田师谈："我直南齐、直枢廷已四十年，每夜早起，不以为苦，惟亥子二时得睡即足耳。在枢廷日，每于黎明视奏折小字，不用灯光，其目力远胜少年人。"后师引年归，甫得高卧，至日高时始起，而两眼骤昏矣。

<h1 style="text-align:center">品　　茶</h1>

余侨寓浦城，艰于得酒，而易于得茶。盖浦城本与武夷接壤，即浦产亦未尝不佳，而武夷焙法，实甲天下。浦茶之佳者，往往转运至武夷加焙，而其味较胜，其价亦顿增。其实古人品茶，初不重武夷，亦不精焙法也。《画墁录》云："有唐茶品，以阳羡为上供，建溪北苑不著也。贞元中，常衮为建州刺史，始蒸焙而研之，谓之研膏茶。丁晋公为福建转运使，始制为凤团。"今考北苑虽隶建州，然其名为凤凰山，其旁为壑，源沙溪，非武夷也。东坡作凤咮砚铭有云："帝规武夷作茶囿，山为孤凤翔且嗅。"又作《荔支叹》云："君不见武夷溪边粟粒芽，前丁后蔡相笼加。"直以北苑之名凤凰山者为武夷。《渔隐丛话》辨之甚详，谓北苑自有一溪，南流至富沙城下，方与西来武夷溪水合流，东去剑溪，然又称武夷未尝有茶，则亦非是。按《武夷杂记》云："武夷茶赏自蔡君谟始，谓其过北苑龙团，周右父极抑之。盖缘山中不晓焙制法，一味计多徇利之过。"是宋时武夷已非无茶，特焙法不佳，而世不甚贵尔。元时始于武夷置场官二员，茶园百有二所，设焙局于四曲溪，今御茶园、喊山台其遗迹并存，沿至近日，则武夷之茶，不胫而走四方。且粤东岁运，番舶通之外夷，而北苑之名，遂泯矣。武夷九曲之末为星村，鬻茶者骈集交易于此，多有贩他处所产，学其焙法，以赝充者，即武夷山下人，亦不能辨也。余尝再游武夷，信宿天游观中，每

与静参羽士夜谈茶事。静参谓茶名有四等,茶品亦有四等,今城中州府官廨及豪富人家,竞尚武夷茶,最著者曰花香,其由花香等而上者曰小种而已。山中则以小种为常品,其等而上者曰名种,此山以下所不可多得,即泉州、厦门人所讲工夫茶,号称名种者,实仅得小种也。又等而上之曰奇种,如雪梅、木瓜之类,即山中亦不可多得。大约茶树与梅花相近者,即引得梅花之味,与木瓜相近者,即引得木瓜之味,他可类推。此亦必须山中之水,方能发其精英,阅时稍久,而其味亦即稍退。三十六峰中不过数峰有之,各寺观所藏,每种不能满一斤,用极小之锡瓶贮之,装在名种大瓶中,间遇贵客名流到山,始出少许,郑重瀹之。其用小瓶装赠者,亦题奇种,实皆名种,杂以木瓜、梅花等物,以助其香,非真奇种也。至茶品之四等,一曰香,花香、小种之类皆有之。今之品茶者,以此为无上妙谛矣,不知等而上之则曰清,香而不清,犹凡品也。再等而上之则曰甘,香而不甘,则苦茗也。再等而上之则曰活,甘而不活,亦不过好茶而已。活之一字,须从舌本辨之,微乎微矣,然亦必瀹以山中之水,方能悟此消息。此等语,余屡为人述之,则皆闻所未闻者,且恐陆鸿渐《茶经》未曾梦及此矣。忆吾乡林越亭先生《武夷杂诗》中有句云:"他时诧朋辈,真饮玉浆回。"非身到山中,鲜不以为欺人语也。

品　　泉

唐宋以还,古人多讲求茗饮,一切汤火之候,瓶盏之细,无不考索周详,著之为书。然所谓龙团、凤饼,皆须碾碎方可入饮,非惟烦琐弗便,即茶之真味,恐亦无存。其直取茗芽,投以瀹水即饮者,不知始自何时。沈德符《野获编》云:"国初四方供茶,以建宁、阳羡为上。时犹仍宋制,所进者俱碾而揉之,为大小龙团。至洪武二十四年九月,上以重劳民力,罢造龙团,惟采茶芽以进。其品有四,曰采春,曰先春,曰次春,曰紫笋,置茶户五百,充其徭役。"乃知今法实自明祖创之,真可令陆鸿渐、蔡君谟心服。忆余尝再游武夷,在各山顶寺观中取上品者,以岩中瀑水烹之,其芳甘百倍于常时,固由茶佳,亦由泉胜也。按品泉始于陆鸿渐，然不及我朝之精，记在京师恭读纯庙御制《玉泉山天下第一泉记》云："尝制银斗较之，京师玉泉之水斗重一两，塞上伊逊之水亦斗重一两，济南珍珠泉斗重一两二厘，扬子金山泉斗重一两三厘，则较玉泉重二厘或三厘矣。至惠山、虎跑，则各重玉泉四厘，平山重六厘，清凉山、白沙、虎丘及西山之碧云寺，各重玉泉一分。然则更无轻于玉泉者乎？曰有，乃雪水也。常收积素而烹之，较玉泉斗轻三厘。雪水不可恒得，则凡出山下而有洌者，诚无过京师之玉泉，故定为天下第一泉。"

百 岁 酒

余在甘肃晤齐礼堂军门慎，授一药酒方，谓可治聋明目，黑发驻颜。余服之一月，目力顿觉胜前。其方用蜜炙箭芪二两，当归一两二钱，茯神二两，党参一两，麦冬一两，茯苓一两，白术一两，熟地一两二钱，生地一两二钱，肉桂六钱，五味八钱，枣皮一两，川芎一两，龟胶一两，羌活八钱，防风一两，枸杞一两，广皮一两，凡十八味，外加红枣二斤，冰糖二斤，泡高粱烧酒二十斤，煮一柱香时，或埋土中七日更好，随量饮之。军门云："此名周公百岁酒，其方得自塞上。周翁自言服此方四十年，寿已逾百岁，翁家三代皆服此酒，相承无七十岁以下人。"余至粤西，刊布此方，僚采军民服者，皆有效，遂名梁公酒。有名医熟玩此方，久而憬然，曰："水火既济，真是良方。其制胜全在羌活一味。此所谓小无不入，大无不通，非神识神手莫能用此也。"自是而日三服，至今已八年。未几，余引疾归田，侨居南浦，有患三年疟者，乞此酒一小瓶饮之，前后凡两人，皆应手霍然。而浦人不甚以为然，至有訾其方者曰："此十八味平平无奇，而羌活一味，尤不宜轻服。"与粤西名医之言正相反，余闻之，为齿冷而已。余同怀弟灌云广文，素嗜饮，中年以后，已成酒癖，每日啜粥不过一勺，颜色憔悴，骨立如柴，医家皆望而却走。适其长子元辰在余桂林署中，录此方寄之。灌云素不饮烧酒，不得已，以绍酒代之，日饮数杯，以次递加，半月后，眠食渐进，一月后，遂复元。客秋余回福州相见，则清健较胜十年前，而豪饮如故。据言并未服他药，只常服此酒，日约三斤，已五年矣。夫绍酒之力，固不及烧酒之厚，然服烧酒者，日以两计，服绍酒者，日以斤计，则其力亦足相敌，故其效并同也。余五十余岁时，须发早白，须亦苍然，自服此酒之后，白发竟为之稍变，初亦不觉，惟剃头时，自见所落发针不似从前之白，始知黑发已有可据，惟白须如旧。细思其理，酒气向上，故于发易见功，而下垂之须，酒力未必能到，此理甚明也。

豆　腐

豆腐古谓之菽乳，相传为淮南王刘安所造，亦莫得其详。又相传朱子不食豆腐，以谓初造豆腐时，用豆若干，水若干，杂料若干，合秤之共重若干，及造成，往往溢于原秤之数，格其理而不得，故不食。今四海九州至边外绝域，无不有此，凡远客之不服水土者，服此即安。家常日用，至与菽粟等，故虞道园有豆腐三德赞之制。惟其烹调之法，则精拙悬殊，有不可以层次计者。宋牧仲《西陂类稿》中有恭纪苏抚任内迎銮盛事云："某日，有内臣颁赐食品，并传谕云：'宋荦是老臣，与众巡抚不同，着照将军、总督一样颁赐。'计活羊四只，糟鸡八只，糟鹿尾八个，糟鹿舌六个，鹿肉干二十四束，鲟鳇鱼干四束，野鸡干一束，并传旨云'朕有日用豆腐一品，与寻常不同，因巡抚是有年纪的人，可令御厨太监传授与巡抚厨子，为后半世受用'等语。"今人率以豆腐为家厨最寒俭之品，且或专属之广文食不足之家，以为笑柄，讵知一物之微，直上关万乘至尊之注意，且恐封疆元老不谙烹制之法，而郑重以将之如此，惜此法不传于外。记余掌教南浦书院时，有广文刘印潭学师瑞紫之门斗，作豆腐极佳，不但甲于浦城，即他处极讲烹饪者，皆未能出其右。余尝晨至学署，坐索早餐，即咄嗟立办，然再三询访，不能得其下手之方。闻此人今尚在，已笃老矣。又余在山东臬任，公暇与龚季思学政守正、讷近堂藩伯讷尔经额、恩朴庵运使恩特亨额、钟云亭太守钟祥，同饮于大明湖之薛荔馆，时侯理亭太守燮堂为历城令亦在座，供馔即其所办也。食半，忽各进一小碟，每碟二方块，食之，极佳，众皆愕然，不辨为何物。理亭曰："此豆腐耳。"方拟于饤饾会,次第仿其法,而余旋升任以去,忽忽忘之。此后此味则遂如《广陵散》,杳不可追矣。因思口腹细故,往往过而即忘,而偶一触及,则馋涎辄不可耐。近年侨居浦城,间遇觞客,必极力讲求此味,同人尚疑其有秘传也。

厨　　子

徐兴公《榕阴新检》中载吾乡曹能始先生学佺与二友同上公车,惟先生携一仆,凡途中饮馔之事,皆先生主之。仆善烹饪,二友食而甘之,而微嫌其费,颇有烦言。一日,仆请先生与二友分爨曰:"我实不能伺候三人,先生不肯,仆即请去。"先生曰:"我实不能以仆故而开罪于友人。"听之。临行请曰:"我即当回闽,但乞一信带呈家中人,俾知并非负咎被逐耳。"与之信。时方行到苏州,比先生至京,而此仆早已抵闽,盖即苏州发信之次日也。家中人诘其故,曰:"我实天上之天厨星也,吾家主人乃天上仙官,我应给其任使,彼二客者何福以当之?"语毕,遂不知所之。闻此二客后亦各享大年,盖月余日饱饫天厨之效云。按袁简斋《续齐谐》中亦载曹能始先生饮馔极精,厨人董桃媚者,尤善烹调。先生宴客,非董侍则不欢。先生同年某,督学蜀中,乏作馔者,乞董偕行。先生许之,遣董,董不往,怒逐之。董跪而言曰:"桃媚,天厨星也,因公本仙官,故来奉侍。督学凡人,岂能享天厨之福乎?"言毕,升堂向西去,良久不见。二书所载各异,而皆属之能始先生。且徐兴公与先生同时人,见闻尤近,必非无因矣。余家有陈东标者,颇能烹调,辄以此夸于众,众因戏呼之为天厨星,实则庸手而已。余于能始先生,无能为役,则陈东标之于董桃媚,又岂止仙凡之判哉!

小　炒　肉

乾隆乙卯,余留京过夏,主游彤卣侍御光绎家。时同居者为叶莲山太史大观、黄星岩奎光、陈研农羲二邑侯,王虚谷锡龄、陈德羽鹏飞二孝廉，谈次各举所嗜之馔品，侍御以小炒肉为最佳，众皆笑之。然侍御厨中所出之小炒肉，则实可于口，无怪其侈为俊味。未几，而林樾亭先生至京，饮宴间有以此语告者。先生曰："彤卤尚是讲究家，若我则所嗜惟肉，生平行縢所经，无论天涯地角，但是有酒可倾，有肉可饱处，便足陶然。酒不论精粗，肉亦不论煮法也。"侍御与先生皆巨人长德，故不苛求饮馔如此。余每饭必与厨子磨牙，小炒肉一味，余但呼之为寸炒钱绳，颇不下箸。厨子手段固拙，而余则有愧乡先哲，未免为饮食之人矣。忆在京中，闻一故事云：年羹尧由大将军贬为杭州将军后，姬妾皆星散。有杭州秀才，适得其姬，闻系年府专司饮馔者，自云但专营小炒肉一味，凡将军每饭，必于前一月呈进食单，若点到小炒肉，则我须忙得半日，但数月不过一二次，他手所不能办，他事亦不相关也。秀才曰："何不为我一试之？"姬哂曰："酸秀才，谈何容易？府中一盘肉，须一只肥猪，任我择其最精处一块用之。今君家每市肉，率以斤计，从何下手？"秀才为之嗒然。一日，秀才喜告姬曰："此村中每年有赛神会，每会例用一猪，今年系我值首，此一猪应归我处分，卿可以奏技矣。"姬诺之。届期，果抬一全猪回，姬诧曰："我在府中所用系活猪，若已死者，则味当大减，今无奈何，姑试之。"乃勉强割取一块，自入厨下，令秀才先在房中煮酒以待。久之，捧进一碟，属秀才先尝之，而仍至厨下摒挡杂物。少顷入房，见秀才委顿于地，仅一息奄奄，细察之，肉已入喉，并舌皆吞下矣。按吾乡俗谚，有每尝美味者，必先将舌头用线羁住，即此故事所由来也。闻者盖无不发一大噱云。

奴　仆

子平家推人星命，每分十二宫，于大局往往不差。余八字中，奴仆宫最不佳，听之而已。官京师十年，无一如意者。旧闻京官仆资，每月京钱一千，余月给京钱二千，冀稍用命，而顽梗如故。时余方直军机，在家日少，留家之仆，率皆高卧。有看门周姓者，因此被余怒斥，口出怨言，并背言："如此薄资，又复苛责，只索不干了。"余微闻之，不与较也。是夜仍须入直，五鼓即起，饭未毕，而室中郑夫人亦披衣起。余愕然曰："尔尚抱病，何事早起？"则对曰："我微闻周仆要辞去，言甚决，婢媪辈亦述其悻悻情状，今日君须入直，不得不早起觇之。"余因此遂放心出门。而是午适奉出守荆州之命，翼日，即须递折谢恩，因留直不出，而饬随仆回家取衣服铺盖以进，微询周仆情状，则云："照旧谨慎看门，并不提及前话。"时喜报早到门矣。后此仆随予出京，历荆州、淮海两任司阍，甫以他故斥去。熟闻京官之仆，偶有过失，辄不敢大声呵斥，恐其即散。盖工资甚薄，而又无他出息，无怪其然。迨予外宦二十年，则情形顿异，所用仆辈，偶有过失，只有被逐，而从无告辞者。或谓所入较丰，不无恋恋。余则谓奴仆宫虽不佳，而有官星照压之，虽狡狯，无所施其伎俩，非仅有所恋也。自壬辰初次引归，家居三年，只一六十余岁者应门。值奉召复出，旨到，程梓庭督部谨录出，加封送阅，余方照常早睡未起，而此仆遂将此封置之几上，并不促余起视。即此一事，其他可知。壬寅二次引归，侨寓浦地，则所用者益离奇百出，每遇客至，或自出门，则可笑可怒之端，不一而足。余尝戏呼之为三分奴，谓一人须三分之，一分人，一分鬼，一分畜生也。既乃静言思之，则此三分奴者，又非无因而至前。盖奴仆之服劳于主，固有财以动之，亦有义以临之。当外宦时，我为国家出力，为百姓劳心，此辈既归我任使，自不能置身事外。今则早眠晏起，毫无所事，我身既于国家无益，于百姓无关，而尚责此辈以为我出力，为我劳心，岂非不恕。夫既无义以临之，又无财以动之，则此辈之随感而应者，正是自然之理，大顺之情，又何怪乎？因此心平气和，但以三分奴待之，而无所怨尤。于其际适读东岩重梓刘念台先生《人谱》，中有警虐使奴仆一条，后引传曰："孔子家儿不知怒，曾子家儿不知骂。"乃不觉处之坦然也。

缝　　人

缝人通称裁缝，以能裁又能缝也。而吾乡之学操官音者，因缝与房音近，讹而为裁房，众口同音。余家妇女多随宦者，自负为善说官话,亦复呼裁房不绝声,牢不可破。余尝笑之,则群辨曰:"司茶者为茶房,司厨者为厨房,则裁房亦同此例耳。"然则剃头者亦当称剃房,裱褙者亦当称裱房,木匠亦当称木房,泥水匠亦当称泥房乎?缝人之拙者,莫过于浦城,其倨傲无礼,亦莫过于浦城。浦人风尚节俭,士大夫率不屑丰食美衣,即素封家亦然,惟长年制衣不倦。余常往来一二知好家,厅事无不有裁衣棚架者。缝人见客过,皆坚坐不起,余偶以语门徒詹捧之,捧之曰:"某尝呼此间缝匠为大王,盖亦嫉其倨傲。"且言家中妇女辈,每奉之如上宾,惟所指挥,此风殆不可化也。余归为儿女辈述之,无不匿笑,因合家亦呼缝人为大王,而裁房之称,终不肯改。其偷窃衣料及皮絮之属,又极巧而实拙,迥不在意计之中。余宅中偶制新衣,使仆辈督之,辄至喧呶不止。适余换制一皮马褂,用月色绸为里,甫制成,即掷出令换钮扣,且斥之曰:"一钮扣尚且钉错,似此本领,何喧呶为!"渠狠目熟视再四,大作京腔曰:"并无钉错,何以冤我?"余指身上一翻穿马褂斥之曰:"若尔所钉不错,则我之旧衣俱错矣。此系以月色绸为里,非以为面也,自应照常左扣右绊,何得右扣左绊?"因使仆辈尽出翻穿之长褂及马褂示之,并厉声色痛斥一番,渠乃嗒然不敢辩。自是之后,凡缝人之气少衰,至余家者,始稍谨默。夫一技虽细,而既专司其事,即未可掉以粗心。忆蒋伊臣《鉴录》中有一条云:"嘉靖中,京师缝人某姓者,擅名一时,所制长短宽窄,无不合度。常有御史令裁公服,跪请入台年资。御史曰:'你裁衣何用知此?'曰:'公辈初任雄职,意高气盛,其体微仰,衣当后短前长。任事将半,意气微平,衣当前后如一。及任久欲迁,内存冲挹,其容微俯,衣当前短后长。不知年资,不能相称也。'"此虽谰言,却有至理,又岂此间大王所与知乎?

卷八

北东园日记诗

早年向学，中岁服官，日必有记，用资稽考。自归田后，无所事事，遂辍笔焉。而山中岁月，闲里居诸，亦不忍竟付飘风，漫无省纪，间以韵语代之，三年以来，忽忽积成数十首。儿辈喜其语质易晓，而多逸事可传，并乞加注语，以畅其旨，则犹之乎日记云尔。因自题为《北东园日记诗》，附入《归田琐记》之余，以待继此随事增加，仍不以诗论也。

归田何事不真归，但说无田抑又非。直是有家归不得，三山双塔隔斜晖。事详第二卷。

小巷深深苏厝衖，随方寄庑是家风。运期自愧无高节，那得人皆皋伯通。吾家伯鸾高士，易姓运期，见《后汉书》及《广韵》。

沧海横流到处难，老臣何敢即求安。三时屏息蓬门里，信是屯邅骨相寒。初到浦数日，即值城中民变。县官被顽民倒抬出城，横加凌辱。城东富绅某新宅，遭其拆毁，势且汹汹，即在余之门，人声鼎沸，余茫不知其由，惟杜门屏息而已。忆吴棣华同年《苏州送行》诗有"去住无安土，屯邅念老臣"之句，语最沉着，为时所称，乃竟成夜半回舟之兆，又宛为今日写照也。

买宅由来重买邻，急何能择且因循。枭鸾不碍分栖稳，燕雀终归大造仁。卜宅之初，横逆之来，至不可理喻，未几即归我，循扰如鱼鸟之亲人也。

一丘一壑旧花园，新居本宋待制章衡花园旧址，花园衖即因此而名。陋巷重开驷马门。那有满簏余万卷，获持昕夕祝长恩。新宅本荒区，余筑大楼五楹贮书万卷其上。

誓墓高风不可寻，松楸回首十年心。梅亭山转姚岐仑，空对西风泪满襟。癸卯秋始回福州拜墓，祖茔在梅亭山，先严慈及先室墓在姚岐仑，相距不及一里。俗呼仑作去声，按《广韵》、《集韵》，仑并卢昆切，音论，则俗呼正古音也。

兼旬朋酒太匆匆，归里翻成踏雪鸿。只有东园闲草木，频年应恋主人翁。住福州仅二十余日，复匆匆买舟旋浦，回首东园花木，未免有情。

江南岭右苦相随，今日山乡事事宜。三十年来离合迹，花间题遍尚无诗。余历官江南、岭右，长女兰省皆随侍，余曾以百花画卷赐之，每一离合，必题数字卷末，以存泥爪，但无诗耳。

附兰省和韵

万里金城有梦随，天教移节慰民宜。大人奉旨重出，即授甘藩，万里长途，无从随侍。自开府岭右，移节吴中，则无日不趋承左右也。年来幸得趋庭近，燕寝香中且学诗。

敢说云龙上下随，莱衣班后亦相宜。绛跗朱萼庭阶盛，愧读兰陔洁养诗。

两家眷属一家通，惜暖怜寒卅载中。最喜琅琅听夜读，画堂西畔小楼东。三女寿笙于归后，仍随余同居垂三十载，备极扶侍之劳。今内外孙皆能读书，已就宅中分东西就塾矣。

水复山中去住忙，晓梳脱发晚称觞。一年之聚何年再，梦绕君家兰话堂。四女兰衡，别将十年，因余七十寿辰，间关到此，仅作一年欢聚，即复旋归。

附兰衡和韵

忘却扁舟远涉忙，欣随雁序共称觞。只今回首千山外，但觉神驰绿野堂。

莫笑年来山泽仪，天香也与小园宜。致身富贵何须早，用杜句。满眼云霞只自怡。园中牡丹颇盛，初次开筵，招客赏之，后但闭门自怡而已。

频年春色归金爵，镇日香风守玉瓶。如此名花相淡对，西峰定有梦通灵。金爵、玉瓶，皆名花之异种者，吴鲁庭所赠也。鲁庭家福州西峰里。

附逢辰和韵

南中无数佳花木，第一难忘是玉瓶。怅望东园归未得，青春何处醉刘灵。

笋庄佳处遍开筵，增绿来青地未荒。更愿主人清兴发，鸿泥重踏息阴房。祝东岩屡招饮于笋庄之偏增绿轩，环池而坐。池之东，即来青亭也。惜三十年前下榻之息阴山房未能再至。

好山深处一身藏，当日侁侁弟子行。转眼风流易消歇，更无人问旧书堂。余掌教南浦书院六年，极一时人文之盛，今名山如旧，而情事顿殊矣。

屋后青山辟洞天，闲来选胜续前缘。仙坑那及仙楼好，释我相思五十年。重九日，与东岩步游仙楼，并寻仙人坑之胜，三十年前所神往也。

纷纶四部足旁搜，有味青灯不外求。岂为声名劳七尺，漫言志业在千秋。《魏书·李炎之传》云："异见异闻，心之所愿，是以孜孜搜讨，欲罢不能，岂为声名劳七尺也。"第三语本此。

第一名区梦笔山，三年胜地未重攀。暗中恐惹山灵笑，鸟自高飞云自闲。城西梦笔山，为此邦第一旧迹，荒废已甚，屡闻议修，而迄未举行。

千峰百嶂转芝城，添作山厨鲎尾羹。更喜海蟳来突兀，持螯一例助诗情。鲎与蟳皆海族，而建宁府往往有之。自余至南浦，而负担求售者始频至。

年来老渴颇难支，梦到西瓜又荔枝。果许沉瓜还擘荔，惜无高会续南皮。此首为梦中所成，适儿辈好事，果为购寄西瓜、鲜荔，因酌改梦中句纪之。

酒间忽报枇杷来，白香山诗枇作入声。满座齐倾大白杯。何必贪心更弹铗，老饕已觉老怀开。恭儿自京回，过浙中，先寄到鲥鱼、枇杷，鲥鱼虽已变味，而枇杷尚鲜美也。

循陔远道见深情，欣听门前郭索声。莫怪长筵徒大嚼，且增诗事到山城。丁儿携眷北上，过浙中，寄到霜蟹两大筐。次日，开筵飨客，即用丁儿来诗韵记之。

附丁辰寄诗

望云何以寄遥情，聊伴柴门剥啄声。正是菊黄橙绿候，北东园里壮诗城。

饯岁居然甘蛎粉，销寒间亦荐螺香。频烦子舍殷勤寄，竟把他乡当故乡。福州除夕饮，家家必设蛎粉。适逢儿寄到蛎枣，因仿为之，美不可言。时丁儿亦觅得香螺数枚，遂以充销寒之品。

南宫门巷净无尘，达生于邦，玉圃仪部之子。旧日台江侠客贫。史生文邦，曾寓福州南台。我正大声劝诚是，麦舟应续画图新。二生不克葬其亲，余皆力成厥事。忆在苏州，曾助曹艮圃比部槻坚葬亲，比部绘《麦舟图》为谢，吴中名流题咏者至数十家。

附史生和韵

误趋歧路怅前尘，旧业依然守素贫。何幸义声深感激，画图慰我表阡新。

附达生和韵

先畴旧德忆京尘，眷念清门下士贫。二十余年霜露感，麦舟重到浦南新。

附停葬说

昔圣门之论孝也，曰生事之以礼，死葬之以礼，祭之以礼，凡以事、葬、祭三者并重也。今人于父母无不知事，其死也无不知祭，不如是则有不孝之名，而无以自立于人世。而独于葬之一事，乃若忘之，果何说乎？盖死者一日未入土，则一日之体魄未安，死者未安，而生者顾安之，则生前之事如不事也，身后之祭如不祭也，而犹觍然自立于人世，曰吾已尽子孙之道，其谁信之？今日之淹留不葬，相习成风者，其故有二：一则碍于兄弟之多，各执意见，以为此利，彼或不利，即间有破除拘忌者，而一经安葬之后，他房或小有事故，即归咎于主葬之人；一则惑于风水之说，在己毫无主见，亦绝不细心访求。或云某向不利，则因之改卜他方；或云某年不利，又因之另择吉日。不思古人之未葬者，皆不释服，载在《礼经》。且《大清律》中明有职官三月而葬，若惑于风水及托故不葬者，杖八十之条，此国法也。稽之于古，则《南史》载兖州刺史滕恬、乌程令顾昌，皆以未葬亲而入仕，为清议所鄙。《唐书》载颜真卿劾奏郑延祚母死不葬，有诏终身不齿。《宋史》载刘昺与弟焕皆侍从，以亲丧未葬，坐夺职。又张商英劾王子韶不葬父母，而冒转运使判官之任，贬知高邮。又《道山清话》载孙莘老入相，不及一年，坐父死不葬，罢斥。此仕宦家所当汗下者也。至《太微仙君功过格》云："久淹亲柩者百过。"《道经》又言："每岁腊日，北帝统率下界神祇，周查人间坟墓，其子孙即时修补者福之，怠慢不修者祸之。"又云："七世祖墓有一不修，则子孙未能发达。"则又凡士民家所宜惕然者也。夫《道经》所载，犹指坟墓不修者言之，况淹柩不葬，并坟墓而无之者乎？今之宦者，纵不能遵《礼经》，亦奈何甘犯国法乎？今之士民，纵思幸逃阳律，亦奈何忍受冥诛乎？夫既不畏国法，不顾冥诛，则不得不大声正告之曰："此不孝之实也！"庶有人心者，不肯受此恶名，而幡然变计,力挽前愆,毋论宦族士民,一转念间,昔之有觍面目者,将悉化为孝子顺孙,于以消沴而迎祥,岂不懿欤!

齐鲁晨星落落稀,借韵。廿年踪迹费相思。大云忽作东南荫,我为苍生喜不支。徐树人观察宗幹令泰安时,余曾以循卓荐之。近奉命监司漳海,实闽南长城也。过饮园中,尽索余近刻观之,匆匆留一诗而去。数年来过此者,不乏名流,皆不暇以片语为小园增重,此为开山第一章矣。

附徐观察诗

回首齐山九点烟,功收霖雨羡归田。竹竿引水龙吟细,铜鼓藏雷鹤梦圆。薜荔翠萦文石上,芙蕖红到研池边。饱尝珍馔兼书味,喜获珍珠载一船。吾师所赐己刻书甚富。

长年梨枣似云屯,善与人同即福门。群笑两家真好事,留香室与北东园。余好刻书,而东岩亦同。近复辑刊善书十种,时恭儿方刻《劝戒近录》《续录》《三录》,余亦有杂著待刻。梨枣之烦,只此两家,浦人咸咄咄以为怪事也。

陋巷年来藏器深,遑言橱箧继双林。项墨林、梁蕉林。高轩过我倾家酿,竟夜红光烛斗参。自寓浦后,过客无有询及书画者。近黄琴山观察德峻因查勘封禁山过此,始为发箧,择其尤者纵观之。观察本鉴赏家,复富收藏,穷一日之力,并几评赏,四年来第一韵事矣。

御屏风上列龚黄,未负江南一纸忙。滨海忽闻民气活,荐贤功幸在维桑。王履之太守月宾久宦江南,循声卓著。余于辛丑秋专疏保荐,遂由直牧擢守来闽。时徐树人观察方奉讳归去,而履之即补守漳州。初为漳民惜,旋为漳民庆也。余丑秋在江南疏荐者仅五人,履之与练笠人皆由直牧擢守。但云湖即于是冬擢两淮都转,而黄石琴今已开府粤东矣。

真畏出门贪客来,柴扉频为故人开。如何衮衮披肝侣,都作纷纷把臂回。年来故人过此者,如苏鳌石督部、杨雪椒光禄、廖钰夫尚书,皆留饮园中,连日盘桓,不忍舍去。

惊心薄俗太支离,失笑高门半守雌。一纸卮词何足算,三年五度遣杨枝。浦城锢婢之风,牢不可破,余曾撰《锢婢说》一篇,以代暮鼓晨钟,乃殊少警觉者。余到浦甫三年,而遣婢至五次,皆不收其身价,而中两婢,乃从锢婢之家转鬻而嫁之者,不可谓但以言感人者矣。

附锢婢说

古礼女子二十而嫁,有故则二十三而嫁,明以二十三为最迟也。《孟子》曰："女子生而愿为之有家,诚以饮食男女,人之大欲存焉。"婢女亦女也。天下之最穷而无告者,莫如鳏寡孤独,然此四民者,即不幸,犹不必其相兼。而其无妻、无夫、无父、无子,皆至于垂老而后废,非穷于人,实穷于天也。若今之使婢则幼而卖身于我,父母不能相顾,非孤而何? 值应嫁之年而禁锢之,使不得嫁,非寡而何? 至老不嫁,则终身无生子之望,非独而何? 以一人之身备历其穷,而又非天之所使,而咎有所归也。仁人君子,其能熟视而无睹乎? 况婢女长大,情窦必开,倘奸淫事发,不但误其终身,而中冓贻羞,本家亦难以自解。甚至生子又从而残害之,忍心害理,其罪益大。独不思及果报,念及子孙乎? 吾愿凡有使婢年将至二十三岁者,必须亟为择配,否则听其适人,薄给本主之财。若本主有心禁锢,许婢家自陈于官,而族怜为之举首,有隐蔽者,亦坐之以法。其择嫁者,尤在不论身价,只求得所使咸得,各遂其生,庶不至肆行刻薄,以干神怒,而召天灾,其亦中和位育之一助也。惟是果报之说,犹隐也;子孙之念,亦私也。今之有使婢者,大约皆读书明理知文识字之家,诚使日持此文,而反覆寻绎之,必默然有所动于中。语云:"人之欲善,谁不如我。"实有无藉官长之董劝,文字之激发者,否则,冥然罔觉,悍然不顾,吾甚恐其不得齿于齐民,不得立于人世,而将不可一朝居也。果报云乎哉,子孙云乎哉!

乡隅俗尚本无凭,亲见充街赤舄曾。今日衰翁偏古异,一双朱履万年藤。三十年前,浦城士夫无不穿朱履者,问其说,皆不能答,亦不知何时而尽改也。近万荔畇郡倅寄赠天台万年藤杖一枝。

花辰雅集笋筵开,有客形容惨沮来。谁信九泉能避劫,可怜一纸晚闻雷。偶以花朝觞客,有最后至者,颜色惨沮。众皆怪而诘之,则日内先坟方被掘,棺内金银器为之一空。余告以我分送《厚殡说》,何以付之不问。客泣然曰:"此坟造于十余年前,若我得早读此文,何致有今日之祸?"余曰:"但愿继此以往,人人皆守吾说,亦尚可收之桑榆也。"

附厚殡说

有询于余曰:"山县患盗,而其祸莫烈于斫棺,比年此案叠出,官亦无如之何,巨绅富户,尤惴惴焉,何以止之?"余曰:惟礼可以止之。或迂其言,余晓之曰:死者必殓,礼也。古字殓本作敛,取敛首足形而已。今《会典》及《通礼》并载官员丧礼,越日小殓,三品以上,含用小珠玉五;七品以上,用金玉屑五。又云:加殓衣,三品以上,五称,复三禅二;五品以上,三称,复二禅一;六品以下,二称,复一禅一,过此则为逾制而悖礼。夫珠玉而云小,金玉而云屑,但取容口可知。其言殓衣至七品以下,而言含但称七品以上,其以下之不得用含可知。含之用,尚有制也,其敢如今之金银压首,珠玉周身乎? 闻比年破案者,率系女棺。然则以厚殓而招盗,亦明矣。而凡子孙之殓其亲,父母之殓其女,家长之殓其卑幼,犹必曰宁厚而无薄,是名为爱之,而实所以戕之,无益于死者之毫末,而徒贻以身后之灾,剥肤之惨,在子孙为不孝,在父母家长为不仁。而推其原,则由于不合礼而已。故吾曰:惟礼可以止之。夫循礼,自可消患于无形;不循礼,其罪即极于不孝不仁,而无以自解。然则仁人君子,能无思变计哉!

移居赠我石为兄,问字频来浦酒枕。七十九龄尚清健,老来第一老门生。史生经邦以石盆陈酒为寿,今年七十九岁矣。

数百年来一石盆,无端飞入北东园。从来寿世关文字,安得坡公雪浪痕。大方石盆,亦购自詹氏者,三面雕镂颇工,而空其一面,兹为镌数字为铭,非敢拟定州雪浪盆也。铭云:"此数百年物,曾藏福州梁氏北东园中,他年当入浦城金石志也。道光乙巳夏退庵老人书。"

文翁雅意访名师,说士浑无党援疑。谁料猖猖起群喙,公门一纸大离奇。郭少汾邑侯忽诣余曰:"南浦书院至今尚未得师,实深焦急,鄙意竟在老同年矣。"侯与逢儿为乙酉同年,故云。余明告之曰:"我若省居,则君延余儿掌教,自无不可;今余挈家住此,则此局断呼不宜。"因别举所知以对。侯以为然,乃定议。后竟有以"梁绅顶荐,邑侯勉从"等语列名控诉者,大不可解。

附逢辰和韵

溪工何必子方师,一吓偏来腐鼠疑。莫怪佩兰争舐掌,城中索索本无奇。后二句合用昌谷、玉溪诗意。

人生由命岂由他，用韩句。人海风云宦海波。七十悬车聊自慰，且凭儿辈补笙歌。七十寿辰，适五儿子共聚一堂，为广征菊部，以助称觞，始听之。

偶向闲中作小忙，新知旧学互商量。更信儿辈谈因果，散作人间翰墨香。恭儿方辑《劝戒录》，余屡以旧闻附益之。

频年未悔守枯株，诸色诸光照座隅。百朵花支一月久，始知佛种与凡殊。吴鲁庭以优钵罗花一盆见赠，守之三年不花，今夏忽抽一箭，百花丛拱，一月始谢，光色异常。

邂逅城西赏菊筵，笋将再入大溪沿。乌衣亭榭重重改，触我相思十四年。东岩招至大溪沿旧宅看菊，忆壬辰秋挈家寓此一月，有怆于怀。

三年皮骨走峥嵘，梦到春明身已轻。爱日且增初日学，望云兼慰看云情。逢儿由浦城挈眷回福州，以余七十寿辰，旋冒暑北来称觞，今又为异族所迫，甫回福州，即复挈家来浦。北东园中无隙地，因令英儿分宅而居，颇有联床话雨之乐。

附逢辰和韵

乌山头角太峥嵘，迫我三年踪迹轻。画地良难迁地苦，侧身北望岂恒情。

敢言豪杰事峥嵘，身世鸿毛孰比轻。多少群鱼游釜底，依然濠上寄闲情。

爱怜少子亦恒情，古训原须贤父兄。何暇燕山希实桂，但期本色绍书声。英儿颇不悦学，近与大儿同居，以怡怡兼切偲，渐可转移气质矣。吾郡最以五子登科为美谈，然如廖仪卿、叶蔼汀家，皆五兄弟连登乡荐，而不入此数者，以皆在其父物故之后，不得称五子，此俗例也。近惟曾霁峰家门有此扁。现省垣公评以郭达堂侍御及余家，可以望此，余甚愧之。

附英辰和韵

敢负趋庭教诚情，蓬麻扶护望难兄。一经世守谈何易，愧说丹山万里声。

且尽循陔洁养情，先鞭云路仗诸兄。他乡信美仍吾土，赢得连床听雨声。

十余代衍秀才家，旧德清门世所夸。余家自前明至今，以秀才相传者十五叶。河间纪文达师视闽学时，曾手制"书香世业"四字榜于堂。要向鹾盐寻事业，莫凭京秩诩清华。余大、二、三儿皆以监生登乡荐，而四儿独由秀才进取，议叙部曹，因作此勖之。

附映辰和韵

旧是书香世业家，一衿幸获诓堪夸。显扬报称无穷事，但欲联芳接棣华。

天伦乐事萃华堂，绿酒红灯夜未央。如此团圞良宴会，可无诗句压清狂。初伏宴于韫玉堂，中伏宴于致曲山馆，末伏宴于思补堂，山居不可无此逭暑之局，不妨竟日酣嬉也。

附逢辰和韵

檐铎丁东响画堂，风轮四面转中央。冰桃雪藕凉如许，忽捧红云喜欲狂。风轮之制，以圆木为干，周围插木扇，各缘以素绸，中镕铁为柄，而弯其受手处，下承以架，以一人转其柄，即四座风生矣。中伏日适寿研二妹由福州寄到新荔，大人别有诗纪之。

漫言岁月去堂堂，博得三旬乐未央。转瞬小池残暑退，延秋高会续清狂。

附恭辰和韵

人意齐趋昼锦堂，闭门乐事未渠央。纳凉正可添诗料，催句何能任醉狂。

附英辰和韵

皆山楼上读书堂，余受业师住皆山楼上。灯火新凉夜未央。且听陔南方视膳，敢耽酒趣托诗狂。

附兰省和韵

人生乐事恋高堂，长日壶中景未央。但惜雁行千里隔，不同绕膝学儿狂。寿研二妹、寿溥四妹时皆在福州。

附三子妇婉蕙和韵

吉金贞石护深堂，欣对长生颂未央。翁大人所藏金石颇富，婉蕙日所用砚，即大人所赐"长生无极"汉瓦当也。却忆大椿当赤日，无多群从次公狂。时家严大人远在海盐官署，惜余四兄弟，只五哥一人侍侧也。

福地深愁地脉回，内忧外侮困群才。此时正合抽身去，且为名园尽一杯。刘次白中丞乞归过此，留饮园中，极赏水石之美，称为名园。

老来博弈岂荒湛，饱食中嫌不用心。藉免出门憧扰扰，犹胜午枕梦沉沉。余素不喜博弈，老境颓唐，聊借眷属，抽暇为之，借消炎暑却午眠也。

池草堂中灯火凉，皆山楼下听琅琅。夜阑人静浑无事，且把欧碑课数行。两孙皆能临欧阳信本《皇甫碑》，每于夜阑人静后课之。

文运由来仗起衰，彼都人士罔闻知。雨淋日炙余心恻，无作神羞礼亦宜。浦城文昌宫久圮，旧奉神像，雨淋日炙，已不忍言，甚至为花会匪徒凭以测梦，雨肩至受巨钉无数。余为之恻然，而都人士莫有过而问者。因就东岩所购旧地及逢儿所存新地，独力鼎建于硕辅社之西。此举实借以救败，尚不暇言侥福也。

忽闻嵯海起狂澜，碧水丹山尽改观。坐看憧憧三阅月，消寒雅集亦阑珊。自签派嵯商檄到后，合邑惶惶，深山中亦时闻剥啄声，三阅月始稍静，消寒集为之不终，更可笑也。

居士城南心迹清，借书谈艺乐将迎。何缘迫促离乡去，秋室从今有俗声。门下士祝岐山闭门读书，不关外事，城中知蓄书可谈艺者，惟此一人。而签商之檄一到，不数日即督促登舟去，为之黯然。"扬雄秋室无俗声"，李长吉句也。

大府风闻曷可当，承流太守亦堂堂。流丸自向瓯臾止，但笑蚍蜉撼树狂。浦城举商花名，始由制军访闻，旋据郡守申报省府各檄，俱有明文，乃被举之家，横加疑谤，竟有集矢于余者，今已涣然冰释矣。流丸止于瓯臾，流言止于智者，语出《荀子》。

侧目骄阳作畅晴，怨咨谁复问舆情。玉清毕竟垂慈易，一洒甘霖起颂声。骄阳兼旬，怨咨丛起，若非甘霖骤至，恐民不聊生矣。时乙巳四月二十六日，山中病叟亦为之加一餐也。

半夜浑成喜雨诗，平明唱遍瞽儿词。侯门都作沉沉梦，翻笑衰翁局外痴。拙作《喜雨诗》，和者数家而已，余皆噤不出声。

久惜蕉林继墨林，当年惜墨并如金。翁覃溪师尝言项墨林、梁蕉林皆收藏家，惜无著录可考。南来北至多新得，助我烟云一室深。近日逢儿从福州至，恭儿从京师归，皆有新得书画。时余方辑《退庵题跋》，将脱稿矣，因此复有增订。

附逢辰和韵

书画禅兼翰墨林，不分瓦注与黄金。零缣片楮关文献，亦费搜罗岁月深。今春在家，汇装书画数十册，皆前明及国初时人，吾乡先哲居其大半，增入题跋者亦十之二三。

附恭辰和韵

荟萃吾家翰墨林，相逢何敢吝挥金。云山花草齐收拾，谨报高堂愿海深。时大人方辑金石书画题跋，以尚少宋人画迹为嫌，属恭辰于北行之便稍为物色。适过吴中,以重价购得赵幹、米元晖、赵子固各真迹以报,大人喜甚,每披读,辄为浮一大白焉。

病人膏肓岂易苏,嶙峋虎角起长吁。他年若咎卢龙卖,我亦当时士大夫。嗟夷估居乌石山,大兴土木,虎头生角,形家所最忌也。闻当官已与相安,而我民则重足而立矣。

出塞不辞三万里,著书须计一千年。借用近人诗句,忘其姓名。可怜粤麓非屏麓,望断苍茫敕勒天。昨有传林少穆已赐环入关者,为之喜而不寐,实谣言也。余福州老屋在屏山之麓,与少穆为比邻者数年。

巾帼犹分惜字忙,可知此事系天良。灵心慧腕雕镂出,普作山城妙吉祥。恭儿初到浦,即倡为惜字之局。其妇婉蕙,实力襄之。近复以浦俗馈遗食物,必加剪纸吉语其上,所残弃字迹滋多,因以吉事代吉语,作为花样种种,并自撰《代吉祥说》,疏通其意,分送所知各家。

附婉蕙和韵

为襄善举不嫌忙,意美还应并法良。吉语果能成吉事,人间何处不迎祥。

深闺姑姊助清忙,剪剪轻痕手法良。犹胜雕镂茶果巧,家门琐事亦凝祥。筠如、寿生、婉兰诸姑姊,皆助余剪镂花样,浦城积习,最尚茶泡,雕镂果品,必以精巧相夸,其实徒费工夫,不如此之有裨于惜字也。

附代吉祥说

近日浦城有敬惜字纸之会,诚盛举也。惟各家尚有习而不察,竟等于不敬不惜,而不自知其非者。常见人家馈送食物,无论大盘小盒,其上每加红纸一块,或方或圆,必嵌空剪雕四字好语,如"长命富贵","诸事如意"之类。不知此纸本系无用之物,一转瞬即蹂躏于童婢之手,再转瞬且沦弃于藩溷之区,其能于收物之顷,即将此纸随手检归惜字篓中,以待焚化者,盖百家不得一二人焉。一家如此,积家则多;一日如此,积日则多。其婚娶喜庆之家,所用尤繁,则所作践之字尤甚。今欲骤令各家不用此纸,其势有所不能。不得已思一善法,以变易之。窃念各家用此之心,不过意取吉祥,别无他说。兹以吉祥之景,代吉祥之字,有何二致?因杂取吉祥善事,剪作花样十六纸,分赠各家。务望照此剪雕,以代前此吉祥之字,以亲及亲,广为传布。此事虽小,藉可免作践字纸之孽，当更为人家吉祥之征。夫敬惜字纸，尽人所宜为，而士大夫尤应互相劝惩。若闺中更能随时襄助之，庶内外同心，更无缺憾，惟自求多福者鉴之矣。

一纸遥遥互继声，暮年亲故倍关情。盐城更比芜城远，安得腰缠驾鹤轻。杨竹圃素不言诗，近为余所挑，既和余寄寿诗，又成自寿诗十首。想盐城海滨，舍此亦无可消遣也。余颇有重游扬州之愿，而盐城滨海益远，为之奈何。

乡邦文献共关心，早惜虚糜数万金。今日却非当务急，寿山福海枉崇深。接廖钰夫、魏和斋信，以奉大府谕令捐刊省志。此诚盛举，而此日实非其时。忆嘉庆间，有长沙僧寄尘者，在乌石山大书"寿山福海"四字磨崖，实与彼时郡城殷赈恬熙气象相称。今则名山已归异族，嶕海正涨狂澜，当务之急，恐不在此也。

附复廖钰夫尚书魏和斋山长书

日来接诵来函，诸叨绮注，承以《福建通志》一书，待刊已久，亟应付之枣梨，以垂久远。仰见情深文献，谊笃乡邦，并传述刘制军钧谕，令某与苏鳌石先生首捐，为士夫倡，并谕应同荐绅倡始，继及官僚，令即裁复，以便转达大府等语，自当禀遵。惟此事本末，似大府尚未能悉其详。前此数万金付之一掷，至今啧啧人口，众怨未消。且通志为合省官书，必应合通省官绅之力以成之，自当由大府主持，通行各外郡县遵办。今转欲荐绅倡始，官僚继之，于名不正，于言不顺。况以目下情形而论，外侮未退，嶕务方殷，他处所不敢知，即以某现居浦城而论，举商之事未息，半载以来，死亡逃匿者，屈指可数，现在追呼日至，绅富尚皆重足而立，惴惴于心。若一波未平，一波复起，断难冀其望风慕义，踊跃从公。某伏处山邑，有家难归，闭户养疴，不预时局，愚昧之见，聊布区区，尚望阁下与在省同人从长计议。或仰藉大府风声，竟能集事，亦未可知。某必竭尽绵力，以步诸君子后尘，断不肯置身事外也。专此，复请道安，顺璧侍谦，统祈朗鉴，不备。

历代笔记小说大观总目

汉魏六朝

西京杂记(外五种)　[汉]刘歆 等撰　王根林 校点

博物志(外七种)　[晋]张华 等撰　王根林 等校点

拾遗记(外三种)　[前秦]王嘉 等撰　王根林 等校点

搜神记·搜神后记　[晋]干宝 陶潜 撰　曹光甫 王根林 校点

世说新语　[南朝宋]刘义庆 撰　[梁]刘孝标注　王根林 标点

唐五代

朝野金载·云溪友议　[唐]张鷟 范摅 撰　恒鹤 阳羡生 校点

教坊记(外七种)　[唐]崔令钦 等撰　曹中孚 等校点

大唐新语(外五种)　[唐]刘肃 等撰　恒鹤 等校点

玄怪录·续玄怪录　[唐]牛僧孺 李复言 撰　田松青 校点

次柳氏旧闻(外七种)　[唐]李德裕 等撰　丁如明 等校点

酉阳杂俎　[唐]段成式 撰　曹中孚 校点

宣室志·裴铏传奇　[唐]张读 裴铏 撰　萧逸 田松青 校点

唐摭言　[五代]王定保 撰　阳羡生 校点

开元天宝遗事(外七种)　[五代]王仁裕 等撰　丁如明 等校点

北梦琐言　[五代]孙光宪 撰　林艾园 校点

宋元

清异录·江淮异人录　[宋]陶毂 吴淑 撰　孔一 校点

稽神录·睽车志　[宋]徐铉 郭彖 撰　傅成 李梦生 校点

困学纪闻 〔宋〕王应麟 撰 栾保群 田松青 校点

齐东野语 〔宋〕周密 撰 黄益元 校点

癸辛杂识 〔宋〕周密 撰 王根林 校点

归潜志·乐郊私语 〔金〕刘祁 〔元〕姚桐寿 撰 黄益元 李梦生
　　校点

山居新语·至正直记 〔元〕杨瑀 孔齐 撰 李梦生 庄葳 郭群一
　　校点

南村辍耕录 〔元〕陶宗仪 撰 李梦生 校点

明代

草木子(外三种) 〔明〕叶子奇 等撰 吴东昆 等校点

双槐岁钞 〔明〕黄瑜 撰 王岚 校点

菽园杂记 〔明〕陆容 撰 李健莉 校点

庚巳编·今言类编 〔明〕陆粲 郑晓 撰 马镛 杨晓波 校点

四友斋丛说 〔明〕何良俊 撰 李剑雄 校点

客座赘语 〔明〕顾起元 撰 孔一 校点

五杂组 〔明〕谢肇淛 撰 傅成 校点

万历野获编 〔明〕沈德符 撰 杨万里 校点

涌幢小品 〔明〕朱国祯 撰 王根林 校点

清代

筠廊偶笔 二笔·在园杂志 〔清〕宋荦 刘廷玑 撰 蒋文仙 吴法源
　　校点

虞初新志 〔清〕张潮 辑 王根林 校点

坚瓠集 〔清〕褚人获 辑撰 李梦生 校点

柳南随笔 续笔 〔清〕王应奎 撰 以柔 校点

子不语 〔清〕袁枚 撰 申孟 甘林 校点

阅微草堂笔记 〔清〕纪昀 撰 汪贤度 校点

茶余客话 〔清〕阮葵生 撰 李保民 校点